菖蒲集

王一荃◎著

安徽师范大学出版社

·芜湖·

图书在版编目(CIP)数据

菖蒲集 / 王一荃著. -- 芜湖 : 安徽师范大学出版
社, 2024. 11. -- ISBN 978-7-5676-6921-5

Ⅰ. I227

中国国家版本馆 CIP 数据核字第 2024MT3631 号

菖蒲集

王一荃◎著

CHANGPU JI

责任编辑：胡志恒　　　　责任校对：平韵冉　黄腊云

装帧设计：张　玲　戴庆生　责任印制：桑国磊

出版发行：安徽师范大学出版社

　　　　　芜湖市北京中路 2 号安徽师范大学赭山校区

网　　址：http://www.ahnupress.com/

发 行 部：0553-3883578　5910327　5910310(传真)

印　　刷：安徽联众印刷有限公司

版　　次：2024 年 11 月第 1 版

印　　次：2024 年 11 月第 1 次印刷

规　　格：700 mm×1000 mm　1/16

印　　张：16.5　插页：1

字　　数：240 千字

书　　号：978-7-5676-6921-5

定　　价：39.00 元

天道酬勤(代序)

王永祥

天道酬勤，这一出自《周易》中的卦辞，几可成为标志性极强的励志成语。妇孺皆知，耳熟能详。

可是又有几人，能够真正理解它的涵义，以及付诸亲力亲为的实践。

茫茫人海，大千世界。

我一直在苦苦寻找，包括自身的反思。

然而当我看到老学长王一荃先生的《菖蒲集》，豁然开朗，遂得出结论：天道酬勤的人和事，就在我的身边。

《周易》又曰："劳谦，君子有终，吉。"

且不说一荃先生作为一个理工科大学出身，从事的又是机械制造行业和企业管理多年的业余作者，写出质量上乘，被出版社正式出版的个人诗集，"劳谦"有"吉"，靠着勤奋努力，得到上天也就是社会认可的酬报。

单就是一荃先生一路走来的人生旅程，从小学到中学到读大学和走向工作，无不是趋苦避甜，孜孜不倦，心无旁骛，脚踏实地，一分耕耘一分收获。

文如其人，诗如其人。

一荃先生的人生，就是一本书。

而既然是生活在现实社会中，就避免不了酸甜苦辣；既然是人生，就避免不了人情冷暖。人生百味，谁又能不累，个中滋味，只能自己体会。

如何体会，一荃先生的《菖蒲集》已有很好的阐述。

坚持活着不一定要鲜艳，但一定要有属于自己的色彩。筹划好未来，每走一步，都是成果。

阳光，不只是来自太阳，也来自人们的内心；心里有阳光，才能看到世界美好的一面。

一荃先生和他的《菖蒲集》，亦是如此。

忙有所值，闲有所趣。

《菖蒲集》四个篇章中的"远足抒怀""岁月勾陈"，以及"诗友酬答"三个篇章，基本上概写了一荃先生人生各个阶段。

如果说起、承、转、合的诗词写作要求，被运用在《菖蒲集》全书的四个篇章，那么这个"起"，就是第一篇章亦即诗词首联的"经典读后"。

"文与道俱"的思想理念，在一荃先生以及众多像他那样的知识分子身上，烙下深深的印记。

一荃先生自幼喜爱文学，青年时期尤甚。课余时间，诵读中国最早诗歌集《诗经》，以及唐诗宋词等。

对书中文章之瑰丽灿烂，欣羡不已，获益匪浅。

自述"后因功课日重，无法倾斜而中辍；步入工作后，奔波忙碌，亦无暇顾及"。以为憾事。

退休老人生活丰富多彩，一荃先生则是读诗书养心性，并将其视为人生一大快事。

持之以恒，勤奋（又是一个"勤"字）诵读。

对一些经典诗词反复诵读，读了一遍又一遍，不惜"挑灯"夜读，且做了大量读书（诗）笔记。以诗感诗，撰写读后感，谓之"经典读后"，因此，打下了扎实的古文功底和诗词写作基础。

《尚书·舜典》："诗言志，歌永言，声依永，律和声。"

由此掌握了一定的艺术技巧，按照韵律要求，用凝练的语言、绵密的章法、充沛的情感以及丰富的意象，高度集中地表现生活和精神世界。

日积月累，勤以补拙。

通观全书，几可说是达到了篇有定句、句有定字、字有定声、韵有定位、律有定对、语有定式的诗词写作要求。

而音韵回环流转，声调交替抑扬，句式骈散变幻，词语精炼含蓄。

用浸透情感、具备内在节律、形象生动而又富有质感的语言文字，通过一系列修辞手段，把独特的感受抒发出来。

闪光的思想，饱满的情感，振动的心灵，在创造性思维想象过程中，碰撞交融，显现出来。

呈现诗词之美，使人获得心灵的滋养、良知的启迪、创造力的激发，进而延续中华文脉。

作为中华优秀传统文化代表的诗词，是文化创新创造的宝贵资源，在今天依然有着旺盛的生命力和时代活力。它是中国人的精神家园。

虽然科技的发展和社会的变迁，使得人们的生活方式和审美观念发生很大变化，但作为一种独特的艺术形式，诗词依然能够触动人们的心灵。

无论是在繁忙的都市生活中寻找片刻宁静，还是在人生旅途寻找心灵的慰藉，诗词都能为我们提供有力的支持。

诗词不仅是心灵的艺术表达和历史的见证，更是人类智慧的结晶。它以特有的声情韵律，感染万千读者，影响人们的精神世界。

而每一位诗人，在每一首诗词的创作中，无不洒下无数汗水，绞尽脑汁地费神打磨，笔耕不辍地刻苦勤奋，诠释"天道酬勤"真谛。

尤为值得一提的是，一荃先生的《菖蒲集》，在用典方面表现出来的专业水准，相当地惊人。

《文心雕龙·事类》："事类者，盖文章之外，据事以类义，援古以证今者也。"文章在达意抒情之外，援用事例类比说明义理，引用典故以古比今，以古证今，借古抒怀。典故，凝聚着深厚的历史文化内涵，恰当和适度用典，可以起到以最少的文字表达极为丰富意境的作用，给人以灵活鲜明、神韵深远的印象，从而提高作品的表现力和感染力。

纵观现代不少人写的诗，只注重形似规制，缺少甚至缺乏用典。究其原因，主要还是书（尤其是经典书）读少了，知识面不够丰富。

要言之，就是缺少一个"勤"字，缺少刻苦钻研、严谨治学精神。

在这方面，一荃先生做到了，而且做得非常好。

知识面是否丰富，完全在于读书多少，在于生活积累。所谓"长袖善舞，多财善贾"，在一荃先生的《菖蒲集》中，发挥得淋漓尽致。

诗贵含蓄。诗人若有不便直述者，可借典故之暗示，婉转道出作者之心声，此即所谓"据事以类义"也。

一荃先生的《菖蒲集》不仅声调和谐，对仗工整，结构严谨，而且言简意赅，文情隽永，含蓄深刻。有理有据，有故事，有感染力，使读者感受强烈，印象十分深刻。

在我以为，其奥妙之处，也就在于用典。

一荃先生的《菖蒲集》，结稿时间当在五月端午，名字中的"荃"字，都与菖蒲有关。

菖蒲，不仅是一种具有美丽外观的植物，更是承载着深厚文化意义和情感价值的象征。

菖蒲的外观类似于竹子，给人以文雅清高的形象，代表着不屈不挠、坚持自我的高洁品质。

菖蒲简洁大方的外观和清新脱俗的气质，象征着不与世俗同流合污的品质，代表着君子品行。

菖蒲也用来代表友谊，象征深情关心对方和开放心扉。

菖蒲花被视为信任和信仰的象征，代表着深信不疑和信心坚定。

中国传统文化中，菖蒲代表着华贵高雅、正气凛然和充满魅力。不仅反映了人们对美好生活和精神追求的向往，同时也展现人们对优秀品质和高尚道德的推崇和赞美。

《吕氏春秋》："冬至后五旬七日菖始生。菖者，百草之先生者也。于是始耕。"

菖蒲的生长，集中体现了一年中由荫蔽到阳发的起、承、转、合，这种规律，与诗词写作体例，与《菖蒲集》书的篇章结构，天造地设地吻合。

菖蒲在中国民俗文化中，不断被赋予新时代的气息，在倡导文化复兴与寻根的今天，融入现代生活，引领我们回归传统文化的精神故乡。

是为序。

王永祥

甲辰仲春于九莲塘畔

【代序作者】

王永祥，笔名金月，安徽芜湖人。中国作家杂志社签约作家、安徽师范大学文学院兼职教授、安徽师范大学历史学院兼职教授、安徽工程大学艺术学院兼职教授，芜湖市历史文化研究会副会长兼秘书长。

插过队，当过兵。在省级以上刊物创作发表各类文学作品300多万字，有的获奖并被翻译介绍到国外。其中小说《浴锅灶》获2012年度《小说选刊》一等奖，同时获得中国小说学会颁发的中国当代小说奖。近被改编成同名电影剧本，上海一家影视公司筹备投拍。

出版《鸠兹城源》《锻红尘》《CHINA 繁昌窑》等专著20多部，担任大型水幕舞台剧《印象青弋江》文学顾问、总撰稿。

赠吾友 （序二）

曹贵喜

吾友一荃君，年少立宏猷。

青壮为家国，事业逐成就。

老来娱诗书，勤学询诸友。

有意诗百首，一抒盛世咏。

【序二作者】

曹贵喜，男，1939年6月出生于芜湖市。高级政工师。原四机部七一
〇厂党委书记，中日合资企业"武汉NEC"中方总经理。国家国防科工
委科技委员会专家组成员，安徽大学电子工程学院兼职教授。

序

吾兄一垫君，
年少立宏献。
青壮为家国，
事业逐戌就。
老来娱诗书，
勤学询诸友。
有意诗百首，
一打盛世咏。

曹贵喜

癸卯冬

目 录

经典读后

旅时抒怀

诗友酬答

经典读后

白学古诗词

地下草皮青，白云远处飘。
闲来无甚事，吟诵古今调。
不改初心志，将诗用力描。
虽无惊世语，但求不轻佻。

【注释】

将诗用力描：袁枚《随园诗话》（卷七）："高青邱笑古人作诗，今人描诗。描诗者，像生花之类，所谓优孟衣冠，诗中之乡愿也。"

轻佻：行动不沉着，不稳重。《左传·襄公二十六年》："楚师轻佻，易震荡也。"

【赏析】

"自学成才"，几乎是老调重弹，亦或是经验之谈。纵观古今中外，大凡事业成功者，莫不是在"自学"这条路上苦苦攀登。

"自学"，自觉地学习，或是学习的自觉。

有的成功者虽然出自殿堂学院，但课堂教室之外的深入学习，"书到用时方恨少"，涉猎知识广泛，学以致用，也是一种"自学"。

诗的开篇首句，"地下草皮青，白云远处飘。"作者自学时，胸襟何其之大，目光何其之远。作者自谦为"闲来无甚事"，其实任何一位成功人士无论在职还是退位，"家事国事天下事"，"公事私事朋友事"，事事缠身，一刻也不会闲着。生活充实，从来没有虚度。

作者对"古今调"（古诗词）熟读"吟诵"，咀嚼领会，可说得上是"苦其心志，劳其筋骨"，否则又怎会有如此之多颇具励志情怀的优秀诗篇，写作成功并付梓出版！

"初心"依旧。作者少年时代便有文学梦，一直在寻梦筑梦路上孜孜而行，而为文，而为人。

这首诗透露出一个诗词写作自学成才的奥秘，那就是"用力"地描诗。

古语有"熟读唐诗三百首，不会吟诗也会吟。"对经典的诗文，如不采取非教条式的"死记硬背"，熟记在胸，又怎么能做到"下笔如有神"？

而那些浮躁地对待学习乃至工作，只会使"花拳绣腿"，华而不实的"轻佻"之徒，是不会有什么成就的，也就谈不上有什么"惊世语"的杰出贡献。

全诗读罢，一个勤奋的自觉的笔耕不辍的人物形象，跃然眼前。

（王永祥）

自学古诗词 王一莹

地下学贵专自云志远空野

闲来意甚子吟诵古风调

不改初心志好诗用方播

谁羡圣哲名诗但不经历

程斌书于甲辰春

夜读《论语》

论语篇章几次闻，孰观孔圣意儒淳。

规行矩步追仁礼，信步溯流辑典经。

奔走匆匆寻大道，终身役役闪光灵。

千年先哲雄文在，传承国粹显文馨。

【注释】

《论语》：春秋时期思想家、教育家孔子的弟子及再传弟子记录孔子及其弟子言行而编成的语录文集，较为集中地体现了孔子及儒家学派的政治主张、伦理思想、道德观念、教育原则等。自宋代以后，《论语》被列为"四书"之一，成为古代学校官定教科书和科举考试必读书。

规行矩步：严格按照规矩办事，毫不苟且。出自晋代潘尼《释奠颂》："二学儒官，缙绅先生之徒，垂缨佩玉，规行矩步者，皆端委而陪于堂下，以待执事之命。"

仁：中国古代一种含义极广的道德范畴，指人与人之间相互亲爱。

礼：中国古代社会的典章制度和道德规范。

大道：古代指政治上的最高理想。

役役：劳苦不息貌。《庄子·齐物论》："终身役役，而不见其成功。"

光灵：神奇的光辉。

馨：散布很远的香气，也可指人品德美好高尚。

【赏析】

《论语》是儒家经典之一，古时既是儿童启蒙的读本，又被奉为治国平天下的经典。

所谓"半部《论语》治天下"，是强调学习儒家经典的重要性：只需学习掌握了半部《论语》，人的能力就会提高，就能治理好国家。

夸赞之辞，溢于言表。

作者是二十世纪六十年代大学生，受传统教育思想影响较深，懂得《论语》和读《论语》的重要性。虽然我们未能亲见诗人"手不释卷"地日夜诵读的画面，但可以想见诗人通过"论语篇章几次闻，孰观孔圣意儒淳"，达"规行矩步追仁礼，信步溯流辑典经"，并于人生路上用其指导自己做人做事，"奔走匆匆寻大道，终身役役闪光灵"，也就能"窥一斑而见全豹"，感受领略作者的风采和秉性。

末句"千年先哲雄文在，传承国粹显文馨"，既是作者的一种自勉，也是作者与读者以及更多人的共勉。

令人感悟，发人深省。

（王永祥）

读《古文观止》

古代书田二百篇，翻篇却是几千年。
文章到处珠玑显，荟萃群星试比肩。
处事待人究有道，立身为国尽争先。
儒雅先生椽笔健，清新文字胜于天。

【注释】

《古文观止》：清代康熙年间编选，收录东周至明代散文、骈文作品二百二十二篇，在民间流传广泛，影响深远。

书田：以耕田比喻读书，故称书为"书田"。宋代王迈《送族侄千里归漳浦》："愿子继自今，书田深种播。"

翻篇：意思是这事就过去了。

珠玑：珠宝，珠玉，比喻美好的诗文绘画等。

比肩：并肩，并列，居同等地位，指地位同等之人，一个连接一个。

椽笔：指大手笔，文笔出众。

【赏析】

把读书比作耕田，而称书为"书田"，十分巧妙地契合了中国传统的农耕文化。可谓神来之笔，匠心独具。

我国是一个农业大国，受农耕文化影响较深。春播、夏种、秋收、冬藏，日出而作，日落而息。在此基础上，读书的重要性逐渐显现，进而读书耕田两不误，形成"晴耕雨读"范式，传延千年。

　　作者的"读《古文观止》"，何止是一本书的"翻篇"。几千年的耕读文化底蕴，厚积薄发，而"如椽大笔"，"文字胜于天"。

（王永祥）

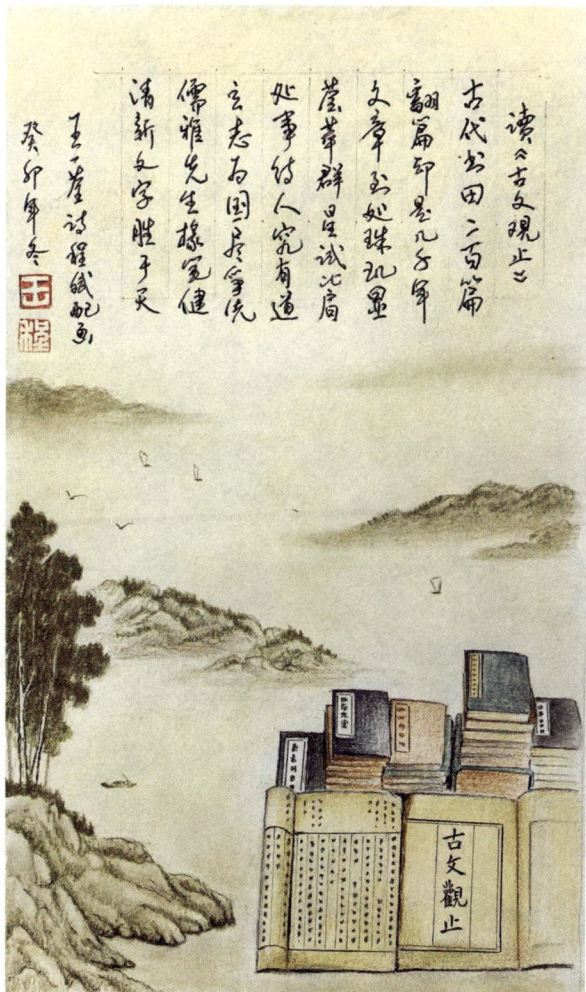

读庄子《逍遥游》

殷商后裔漆园吏，除却惠相鲜匹俦。
鲲化鹏飞冲万里，经天纬地借风道。
传说地籁凭风起，吹万人间迥异尤。
一枕黄粱周梦蝶，奇思异想万年流。

【注 释】

《逍遥游》：战国时期哲学家、文学家庄周的代表散文，被列为道家经典《庄子·内篇》首篇，在思想上和艺术上都可作为《庄子》一书代表。

漆园吏：中国古代官职中的一种，属于园林管理部门的一员，职责主要是管理皇家园林及其附属设施。

惠相：《惠子相梁》，庄子写的一篇文章。这篇短文中，庄子将自己比作鹓鶵，将惠子比作鸱，把功名利禄比作腐鼠，表明自己鄙弃功名利禄的立场和志趣，讽刺了惠子醉心于功名利禄，且无端猜忌别人的丑态。

鲜：新鲜、鲜明，又表示少之义。

匹俦：伴侣，配偶；配得上的，比得上的。《楚辞·九怀·危俊》："步余马兮飞柱，览可与兮匹俦。"

道：道劲，指强劲有力，刚健。

地籁：风吹大地的孔穴而发出的声响。《庄子·齐物论》："地籁则众窍是已，人籁则比竹是已。"

一枕黄粱：出自唐代沈既济《枕中记》。原比喻人生虚幻，后比喻不能实现的梦想。

周梦蝶：出自《庄子》，一般称作"庄周梦蝶"。在常人看来，一个人在醒时所见所感是真实的，梦境是幻觉，是不真实的。

庄子却以为不然，认为"醒"是一种境界，"梦"是另一种境界，二者是不相同的；"庄周"是庄周，"蝴蝶"是蝴蝶，二者也是不相同的。在庄周看来，他们都只是一种现象，是"道"运动中的一种形态，一个阶段而已。

【赏析】

庄子的《逍遥游》，是道家最具代表性的经典之作，影响了一代又一代读书人、士人。

作者也不例外。

这首诗既点明了庄子的出身经历，"殷商后裔漆园吏"，又反映了庄子的人生境界，"除却惠相鲜匹俦"。同时诠释了庄子"逍遥游"哲学思想语境的"鲲鹏"——鲲鹏展翅之志，长空扶摇万里；"梦蝶"——憧憬、追求，心有多大，舞台就有多大。

激发情怀，释放能量，孜孜以求，这样的"奇思异想"，又怎不会成为"万年流"的永恒！

（王永祥）

读《世说新语》

魏晋时期魏晋风，名人璀璨满天星。
言谈举止为世范，待人处事净心灵。
才思俊逸飘万里，文章隽永侧耳听。
逐篇字句精心品，习读古文若圣经。

【注　释】

《世说新语》：中国魏晋南北朝时期玄学"笔记小说"的代表作，为言谈、轶事的笔记体短篇小说。

从《世说新语》及相关材料中魏晋士人的言行故事可以看到，魏晋时期谈玄成为风尚，对魏晋士人的思维方式和生活状况，乃至整个社会风气都产生了重要影响。

魏晋风：魏晋之风是魏晋时期名士们所具有的率直任诞、清俊通脱的行为风格。饮酒、服药、清谈和纵情山水是魏晋时期名士普遍崇尚的生活方式。《世说新语》可以说是这个时代风度的最好画像。

世范：世人的典范。《世说新语·德行》："言为士则，行为世范。"

侧耳听：侧耳倾听，本义是侧转头部，使一耳略前略高，形容一个人恭敬地听别人讲话的样子。

圣经：圣贤所著的经典，指儒家奉为典范的著作。

魏晋之风的率直任诞、清俊通脱，以及魏晋士人的饮酒、服药、清谈和纵情山水，在一些人眼中，被认为是荒诞不经，不可效仿。

可作者读《世说新语》后，则认为魏晋之风下的士人，"言谈举止为世范，待人处事净心灵"，而"才思俊逸""文章隽永"，需"逐篇字句"品读。因而奉为"圣经"，认真"习读"。

观点之新锐，角度之奇妙，令人钦佩不已。在作者的笔下，《世说新语》变成了"世语新说"。

（王永祥）

读《世说新语》

魏晋时期魏晋风，
名人璀璨满天星。
言谈举止为世范，
待人处事净心灵。
才思俊逸飘万里，
文章隽永侧耳听。
逐篇字句精心品，
习读古文若圣经。

王一荃

赞李白、杜甫

谪仙诗圣俩名流，众口褒扬不尽同。

潇洒李白频中圣，茅屋杜甫叹秋风。

【注释】

谪仙：指李白，时人称其为"谪仙人"。

诗圣：指杜甫。后世称其为"诗圣"。

褒扬：褒奖、表扬、赞美之意。

中圣：为酒醉，圣为清酒，贤为浊酒。引用李白《赠孟浩然》诗中"醉月频中圣"句。"频中圣"即常饮之即醉。

叹秋风：指杜甫长诗《茅屋为秋风所破歌》。

【赏析】

小诗赞美李白斗酒诗百篇的才华，又同情杜甫茅屋为秋风所破之悲凉。均是从政途上境遇不佳，无法展其才的悲剧人物。

前两句指诗仙李白和诗圣杜甫两位著名诗人因生活环境，生活经历及诗的风格气质不同，人们对他们赞美、崇敬的方式和语言亦有不同。

后两句写具体的不同之处：李白潇洒豪放，清高自傲，蔑视权贵，故能写出"五花马，千金裘，呼儿将出换美酒，与尔同销万古愁"的诗句，豪情千丈，气壮山河；而杜甫常年颠沛流离，生活困苦，晚年在成都筑茅屋而居，其盖屋之茅竟被秋风吹走，追之不及，进而写出"八月秋高风怒号，卷我屋上三重茅"这样悲凉凄苦的诗句。

造化弄人，两位诗人虽在仕途上不得志，生活上不如意，然他们的诗篇却成了民族瑰宝，其名也被后人千古传颂。这也足以告慰两位诗人于九泉了。

我虽亦推崇诗仙诗圣，但对李白却略有微词，便咏出"双圣叹"以和：

李杜两仙翁，境遇各不同。

一为身自误，一欲运亨通。

（曹贵喜）

赞李杜两甫
诵仙诗圣俩名流
心口襄扬不罢闲
潇洒李白频中圣
茅尾杜甫叹秋风
王二崖诗词斌配
画折甲辰书

习作自娱

年过耋年宅赋闲，帮厨自遣事无求。
随挑书本重新阅，字里行间尽情游。

【注释】

耋年：指老人八十岁。

赋闲：指没有职业在家闲着，失业在家。晋人潘岳有《闲居赋》，因而后人便把没有职业的"闲居"叫做"赋闲"。

帮厨：帮助炊事人员干厨房里的活儿。

【赏析】

这是作者退休赋闲在家的生活写照。

不少年纪大的人退休以后，闲来无事，有的钓鱼、有的打牌、有的扯冬瓜拉瓠子地找人闲谈。

而作者选择的是另一种正能量的退休生活。

年过八十以后，除了在家里当帮厨做做家务，大多时间便是读书。尤其是读《诗经》，不止一遍地"重新阅"，尽情享受书中的乐趣，其乐无穷。

学以致用。读到一定程度便开始写作，写诗。作者谦称为"习作"，自娱自乐，视为人生一大快事。

并以"习作自娱"为题，写下随笔。

（王永祥）

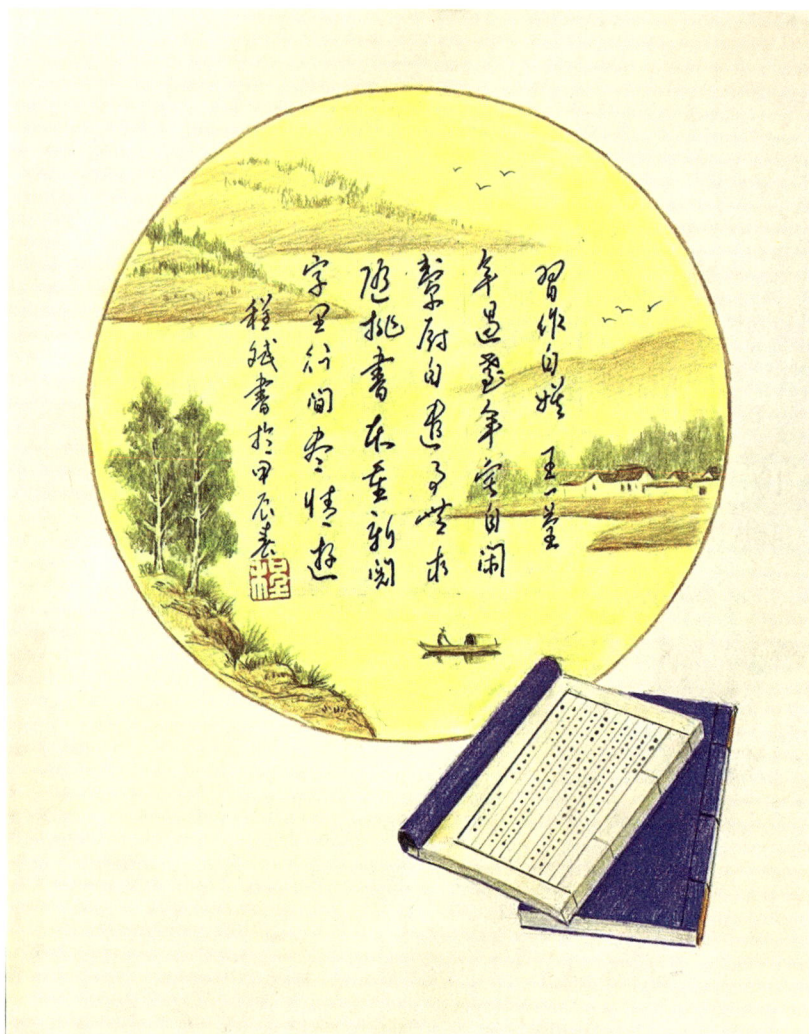

習作自娱 更真堂
年逾五丛半率自闲
篆厨自适子坐水
随挑书在正新阅
字里行间条情趣
程残书於甲辰春

读《诗经》

千年古乐诵如今，风雅颂篇各地鸣。

孔圣采风识诗品，谁知学浅不识丁。

【注释】

风雅颂：出自我国第一部诗歌总集《诗经》，是《诗经》的三个组成部分，根据地域和音乐的不同分类，并与《诗经》的三种艺术表现手法"赋比兴"，合称为"六义"。

采风：对民情风俗的采集。

诗品：对诗的品评，诗的品级格调。

不识丁：指不识一个字。明·王世贞《艺苑卮言》："千古肉食不识丁，人举为谈柄，良可笑也。"

【赏析】

从作者写的这首读后感诗可以看出，《诗经》被作者已经阅读过不止一遍，短短十几个字的品评，概括总结得十分到位。

如"千年古乐""孔圣采风"等见解，没有一定的文学功底，没有深入细致的研读，是很难达得到的。

而作者却自谦为"学浅"（才疏学浅）"不识丁"（目不识丁）。

当然，在《诗经》这样一部伟大的作品面前，怀恭敬之心、敬畏之情是很有必要的。

又见得作者的心胸是多么宽广，不由不令人汗颜。

（王永祥）

千年古乐诵如今风雅颂篇各地鸣
孔圣采风识诗品谁知学浅不识丁

王一崖诗读《诗经》程绂画癸卯秋

读《周南·关雎》

昔读诗经，唯记雎鸠。

雎鸠和鸣，人世羡慕。

相知互识，勤于交流。

钟鼓奏兴，永偕仙眷。

【注释】

《周南·关雎》：中国古代第一部诗歌总集《诗经》中的第一首诗，首章以关雎鸟相向和鸣，相依相恋，兴起淑女配君子的联想。

全诗情文并茂，在艺术上巧妙地采用了"兴"的表现手法，语言优美，善于运用双声叠韵和重章叠句，增强诗歌音韵美和写人状物、拟声传情的生动性。

雎鸠：中国特产的珍稀鸟类，因其头顶的冠羽，让雎鸠看起来颇具王者的气度与风范，古人亦称其为王雎。《尔雅·释鸟》："雎鸠，王雎。"

仙眷：神仙眷属。

【赏析】

作者阅读的古诗词不少，最早当从读《诗经》开始，继读唐诗宋词等，打下了厚实的文学基础。

在读了《诗经》很多经典诗作后，为什么对《关雎》情有独钟，记忆尤深？"昔读诗经，唯记雎鸠。"个中原因除了作者家乡情结浓厚（作者家乡芜湖古名"鸠兹"），主要原因极有可能是，真正读懂读深读透并领悟了这首诗的真谛："雎鸠和鸣"，"相知互识"。故而引发"永偕仙眷"的联想。

"永偕仙眷"，既是对作者个人婚姻爱情的总结（作者与发妻相濡以沫，共享天伦，不亚"神仙眷属"的幸福伴侣），也是对相亲相爱中人们的一种祈福与祝愿：像"人世羡慕"的"雎鸠和鸣"那样，传说中的天庭仙界将会为你们"钟鼓奏兴"，而"永偕仙眷"。

（王永祥）

读《周南·桃夭》

女若桃花，此诗首歌。

花开果结，枝叶繁茂。

伊人如归，宜室宜家。

女子贤兮，乡邻齐夸。

【注释】

《周南》：周公统治下的南方地区的民歌。

《周南·桃夭》：《诗经》中一首贺新娘的经典名诗，全诗以桃树的花、果、叶为比起兴，衬托出新娘的美丽以及"之子于归"的幸福快乐。

归：古代把丈夫家看作女子的归宿，故称"归"。

宜：和顺、亲善。

室家：家庭，家族。此指夫家。

【赏析】

这首读后感诗，作者的切入点在于，不仅写到了新娘的美丽，"女若桃花"（灿如桃花），婚后"花开果结"（生子），把女人结婚生子当作一生的归宿，"伊人如归"。

忽然笔锋一转，以上这些都只不过是作为女人的人生必修，而结婚后的持家过日子，作为主妇怎么样把新组建的家庭打理好，做到"宜室宜家"，那才是硬道理。

也就是说容貌美固然重要，能给人带来美的享受，但心灵美才是最重要。古人（今人也是）对女人心灵美的要求，就是一个字，"贤"。

"女子贤兮，乡邻齐夸。"只有做到贤惠和贤淑，才能得到乡邻的夸赞、社会的认同，生活才能幸福、美满。

（王永祥）

女若桃花，
此诗首歌，
花开果结，
枝叶繁茂。
伊人如归，
宜室宜家。
女子贤兮，
乡邻齐夸。

王一蓥诗读《国南·桃夭》
程斌配画　癸卯秋　王程

读《周南·汉广》

乔树高耸，叹为观止。
女神空灵，徒让人思。
水阔流长，无法追寻。
怅然若失，不及翘楚。

【注释】

《周南·汉广》：《诗经》中男子追求女子而不能得的一首情歌。

男主人公钟情一位美丽姑娘，却始终难遂心愿，情思缠绕，无以解脱。面对浩渺的江水，唱出了这首动人的诗歌，倾吐满怀愁绪。

乔树：高大的树木。

翘楚：原指高出杂树丛的荆树，后用来比喻杰出的人才。

【赏析】

南方有大树，枝叶高耸，令人叹为观止。

汉江有个女子（"女神"即神女，指代汉江之畔三峡"神女峰"），美貌非凡。然可望而不可即，想要追求她只是徒劳，不由让人陷入苦苦思念。

以至于"水阔流长，无法追寻"，让人"怅然若失"。

《周南·汉广》原诗的意思是说，该男子因追求女子不得，思念之痛，无法解脱。

不失为一种悲情的美，"山穷水尽疑无路"。

而作者读后感诗则"柳暗花明又一村"：既然得不到，还追求她（它）做什么？天涯何处无芳草。

毕竟《周南·汉广》那个时代距今已有数千年之久。社会在不断前进，生活在现代社会的人，观念（包括恋爱观）也要不断更新。

（王永祥）

读《召南·殷其雷》

独居家室，夜怕惊雷。
乞盼君归，偎夫壮威。
君荷重任，何时人回。

【注释】

《召南·殷其雷》：《诗经》中一首杂言古诗。殷，犹"殷殷"，状雷声也。

【赏析】

轰隆隆的雷声在夜间打响，女子一个人待在家，不由感到有点紧张。

《召南·殷其雷》这首诗的原意是说，阴天下雨夜间打雷，丈夫不在家，妻子害怕，胡思乱想。

而作者读后，却是从另一个角度去理解：虽然"乞盼君归"，丈夫在身边胆子就大了，小鸟依人般偎依在丈夫身旁，"偎夫壮威"。但这位女子是位深明大义的妻子，能够从大局出发协助丈夫，"修身齐家治国平天下"，"君荷重任"，支持丈夫在外面工作，只淡淡地说了句："夫君，你什么时候回来呀！"

以"何时人回"四个字结尾，其情也深，其意也浓。

令人回味无穷。

（王永祥）

读《召南·殷其雷》

独居家室怕惊雷
夫略名归侵夫壮威
君子何重任何时人回

王屋

程风配画

癸卯年
初冬

读《召南·摽有梅》

梅熟季节，芳心萌动。
梅子堕地，华颜易逝。
寻觅吉人，心心相连。
择定吉时，共享百年。

【注释】

《召南·摽有梅》：《诗经》中一位待嫁女子咏唱的情歌，为先民首唱之佳作，质朴而清新，明朗而深情。

召南：周朝召公统治的南方地域。

摽：掷、抛；坠落、落下。

芳心：女子的情怀。唐·李白《古风》："美人出南国，灼灼芙蓉姿。皓齿终不发，芳心空自持。"

吉人：善良的人，有福的人。

吉时：吉利的时辰。

【赏析】

梅子熟了的季节，也是女子"芳心萌动"的时候。如果"梅子堕地"不及时摘取，花开自有花落时，就像是人，尤其是女人，青春年华便很容易逝去。"华颜易逝"，不再属于自己。

寻找一个能够"心心相连"的爱人（吉人），选择一个吉利的日子，把婚姻大事办了，拜堂成亲，白头偕老，相濡以沫地"共享百年"。

幽默、诙谐，显现了作者又一种文风，以及对语言修辞的驾驭，十分得当，运用自如。

（王永祥）

读《召南·摽有梅》

梅熟季节芳心萌动
梅子堕地华颜易逝
寻觅吉人心心相连
择定吉时共享百年

王一奎诗 程斌配画

癸卯年夏 王緒

读《召南·野有死麕》

男羡女慕，戏谑相逐。
君有心机，女亦矜持。
克己守礼，尽情倾诉。
勿惊他人，循规蹈矩。

【注释】

《召南·野有死麕》：《诗经》中一首优美的爱情诗，赞美了当时淳朴的爱情。情景交融，含蓄动人。

麕（jūn）：同"麏"，獐子。鹿一类的兽，无角。

【赏析】

野外有头死亡了的獐子，躺在路边，遇到一位春心萌动的少女，触景生情，走向前去，倾诉很多不为人知的心声："男羡女慕"，一见钟情。特别是"戏谑相逐"的生动场景，分享爱情的甜蜜，让人如临其境。

可是出于礼教，只能是"君有心机，女亦矜持"，把欢爱之情收敛。

这也许就是一种幻觉，蒙太奇式的向往。

只能是"克己守礼"，发自内心的"尽情倾诉"，做到"勿惊他人"，保持安静，"循规蹈矩"，安守本分。

把爱埋藏在心底，是很痛苦的。哀莫大于心死，这种状况跟死了的獐子，"野有死麕"，没有任何区别。

只不过一个是物质的消亡，一个是精神的寂灭。

（王永祥）

读《召南·野有死麕》 王一苇

男美女慕戏谑相逐君有心机女亦矜持

克己守礼尽情倾诉勿惊他人循规蹈矩

程斌配画
癸卯秋月

读《邶风·柏舟》

扁舟一叶，飘荡中游。

何人可诉，我心忧愁。

心中所爱，父兄不就。

反复求诉，责我荒谬。

我心石坚，不肯俯首。

我爱我郎，誓死共俦。

【注释】

《邶风·柏舟》：《诗经》中的一首诗，此诗以"隐忧"为诗眼、主线，逐层深入地抒写作者的爱国忧己之情，倾诉个人受群小构陷，而主上不明，无法施展抱负的忧愤。

《邶风》：《诗经》"十五国风"之一；邶，周朝国名，在今河南汤阴南。

柏舟：柏木做的独木舟。

俦：伴侣、同辈、俦俪。

【赏析】

一叶柏木做成的小舟，在水中荡漾。

柏木高洁坚韧，就像我（诗人）的品质一样，顽强刚直，志不可夺。我的拳拳爱国之心，"何人可诉"？又有谁能得知，"我心忧愁"。

而"心中所爱（国）"的这件事，连父亲和兄长都不能理解，责备我"荒谬"。

但我依然心如坚石，"不肯俯首"，不愿低下高贵的头颅。

"我爱我郎"，我爱我的国家；"誓死共俦"，誓与国家共存亡……

作者借着《邶风·柏舟》诗传达的主人公爱国之志，抒发自己的情怀，特别是末句"我爱我郎，誓死共俦"，铿锵有力，掷地有声。反映了受党培养教育多年的知识分子，为国效力的坚强决心。如同制作柏舟的原材料翠柏，高耸人间，永葆青春。

（王永祥）

读《邶风·凯风》

忆慈母

东风拂面，白雪傲梅。

慈母针线，挑灯夜缝。

儿女远行，母心挂念。

三安皆告，慈母欣然。

母节家用，供子温饱。

子女长成，母脸笑容。

三子成家，母渐衰老。

孝亲时短，无以回报。

（作者自注：当年我们姐弟三人分别在同安、顺安、西安工作学习。）

【注释】

《邶风·凯风》：《诗经》中儿子歌颂母亲并深感自责的诗。

凯风：和风。《毛诗传笺通释》："凯之义本为大，故《广雅》云：'凯，大也。'秋为敛而主愁，夏为大而主乐，大与乐义正相因。"

【赏析】

一个有爱国之心的人，必然会爱家；爱家的首要之爱，便是爱自己的母亲。把祖国比作母亲，已成为定式，家喻户晓。

这首读《邶风·凯风》后有感的"忆慈母"诗，作者深情回忆一生中最难忘怀的事："慈母针线，挑灯夜缝。"使人很能想象得出，一位年迈的母亲，花白头发，满脸皱纹，伸出同样满是皱纹和老茧的一双手，为"儿女远行"密密匝匝地，一针一线地缝补衣服。

　　这是现实版的"慈母手中线，游子身上衣"。

　　好在作者姐弟三人都很争气，分别在"三安"的同安、顺安、西安工作、学习，事业有成。母亲脸上露出欣慰的笑容，"子女长成，母脸笑容。"

　　人世间最不能让人吞咽下去的一味药就是"后悔药"，当"三子成家"，眼见"母渐衰老"，风烛残年，作者不由痛心疾首，几乎是带着哭腔地放声大呼："孝亲时短，无以回报……"

　　读后让人心酸，怆然泪奔。

（王永祥）

读《邶风·燕燕》

同母之燕，日渐羽丰。伴飞左右，呢喃情深。
终将分别，各自西东。反复叮咛，多多保重。
天高地阔，何日重逢。每念及此，嘶鸣长空。

【注释】

《邶风·燕燕》：中国诗史上最早的送别之作，其送别对象及送别原因，历来众说纷纭。

燕燕：燕子。

【赏析】

虽然《邶风·燕燕》诗中送别何人众说纷纭，但作者这首读后感诗已经写得很清楚，"同母之燕"。而且分别也就是送别的时间段也有所交代，"日渐羽丰"。姐弟三人都已长大成人，各自奔赴自己的前程。

回想起儿时兄弟姐妹们在一起，"伴飞左右"，"呢喃情深"，多么温馨，让人生出万般思念。

而"终将分别，各自西东"，则"反复叮咛，多多保重"。

但见"天高地阔"，期盼"何日重逢"。

作者每想到分别送别时的情景，便会记起经典分别诗《邶风·燕燕》中的燕子。

此燕非彼燕，乃是志向远大、搏击长空的鸿雁，亦或是庄子笔下扶摇万里的鲲鹏。

展翅高翔，志在四方。

句末的"嘶鸣长空"，很有岳飞《满江红》诗中"仰天长啸"的
意境，壮怀激烈，挥斥方遒。

（王永祥）

旅时抒怀

游四方

适逢归养季，惬意四方飞。
夏去成渝路，辞别老客归。
冬来研究所，漫步四周围。
到处驰安凯，可惜景点稀。

【注释】

适逢：恰好遇到。沈复《浮生六记·闺房记乐》："（余）让之食，适逢斋期，已数年矣。"

漫步：没有目的而悠闲地慢慢走。

安凯：安徽安凯汽车股份有限公司（是安徽独家发起，以募集方式设立的上市公司，是国家定点生产高、中档，大、中型豪华客车及客车底盘的大型企业）生产的名牌客车。

【赏析】

作者工作一辈子，退休归养，正好有时间四处走走，看看老客户、老同事，顺便留心安凯车供需状况。

首联总写退休可以四处跑跑；颔联写去四川见老客户；颈联写到曾经工作过的研究所见老同事；尾联写见安凯车到处驰骋而景点却少的心情。

总体表现诗人身虽退仍情系安凯车的退而不休的精神。诗人用"惬意""漫步"表现退休生活的愉悦；用"夏""冬"概说长年在四方游览的爽朗；用"驰""稀"写安凯车供需之状况；用"到处"
"可惜"写喜忧之感。

真可谓：

退休真惬意，四处可游观。

能见同事面，情车两系连。

（宗在模）

游四方

适逢归养季，
惬意四方飞。
夏去成渝路，
辞别老客归。
冬来研究所，
漫步四周围。
到处驰安凯，
可惜景点稀。

王堂诗

程钺配画 甲辰春

初游鼓浪屿

游船汽笛声飞扬，远客船头争渡喧。

两路人流日光岩，好奇另辟去琴园。

菽庄村落毗邻海，傍水依山望无垠。

穷巷店家鳞次比，涛声拍岸欲销魂。

（作者自注：2004年去厦门，周日乘轮渡去鼓浪屿，心旷神怡。上岛后有两条路通往日光岩。菽庄花园更是匠心安排，近处大海似为其领海。附庸风雅，去钢琴博物馆一览。）

【注释】

鼓浪屿：厦门必去景点。岛上有景点日光岩、贝壳世界、海天堂构、小吃一条街等。

日光岩：登岩可俯瞰鼓浪屿全景，赏云海苍苍，上有浩浩天风，下临泱泱大海。

菽庄：私家花园。1955年捐给国家。

穷巷：冷僻简陋的小巷。《墨子·号令》："吏行其部至里门，缶与开门内吏，与行父老之守及穷巷间无人之处。"

鳞次栉比：鳞，鱼鳞；栉，梳子、篦子的总称。像鱼鳞、梳篦的齿那样紧密排列着，形容建筑物等密集、排列整齐的样子。

【赏析】

作者写初游鼓浪屿的经历和感受。整首诗按游览路线，用移步换景的手法，高度赞美了集历史、人文、自然于一体的鹭岛之奇与美。

"笛声飞扬""客船争渡""两路人流"，突出参观游览人之多、兴致之浓。场景繁忙、景象热闹。

用"另辟（蹊径）""傍水依山""鳞次（栉）比"等成语，展示琴园独特，菽庄秀美，店家连缀的盛况。用"穷巷"之冷僻映衬游屿之热闹，最后快出岛屿时再以海浪涛声不绝传达流连忘返之情。

整首诗：（去）游鼓浪，（争）游鼓浪，（步）游鼓浪，（闻）海浪（思）鼓浪。人随景而往，情随景而生；景缘笔而移，景缘情而丰。诗歌给人以景美，兴隆，心悦，神往之趣。

（宗在模）

2024.2

合肥骆岗中央公园一日游

往日乘机来骆岗，游园国庆去中央。
多年未见别样貌，惊羡园博富丽煌。
接踵摩肩人似海，移步换景较短长。
犹惊夜晚灯光秀，安凯客车闪艳芒。

【注释】

骆岗：骆岗机场，原合肥飞机场，1977 年 11 月投入运营，2006
年正式升为国家一级对外开放航空口岸。2013 年 5 月 30 日合肥新桥
机场运营，骆岗机场结束运营。2019 年开建合肥骆岗中央公园，
2023 年正式对外开放。

中央：这里指骆岗中央公园。

煌：光明；光亮。

【赏析】

这是一首抒情游览诗，作者借游览骆岗中央公园，抒发对往事
的怀恋。

首联"往日乘机来骆岗"，提及以前因公出差经常到骆岗机场乘
坐飞机，暗示对往日的思念。紧接着来了一个反转，描写到骆岗游
时所看到的骆岗的惊人变化和游人如织景象，"多年未见别样貌，惊
羡园博富丽煌。接踵摩肩人似海，移步换景较短长。"

尾联表达以景思情的怀旧心情，"犹惊夜晚灯光秀，安凯客车闪

艳芒。"夜幕降临，骆岗中央公园华灯初放，在灯光璀璨夜晚看到安凯客车矫健的身影，作者无比高兴。

全诗上下贯通，连接有序、平仄搭配谐调，对仗工整。

（文虎）

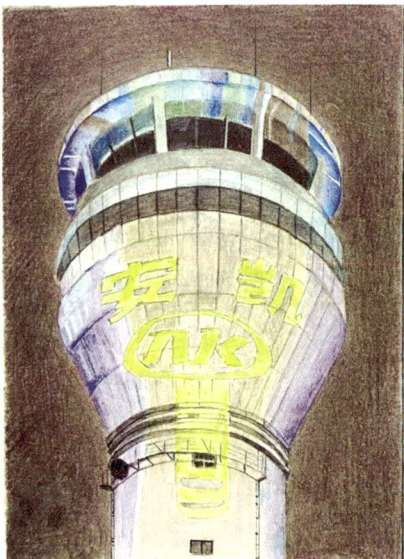

合肥骆岗中央公园一日游

往日乘机来骆岗，
游园国庆去中央。
多年未见别样貌，
惊现园博富丽煌。
接踵摩肩人似海，
移步换景路短长。
犹惊在晚灯光秀，
安凯客车闪艳芒。

王一崖

癸卯冬

祭拜天坛

昔年与母拜天坛，
遥见祈年疑仙房。
若进如今回音壁，
萱堂可在呼儿郎。

【注释】

天坛：北京古建筑，是历代帝王祭天的地方。

祈年：祈年殿，天坛的主建筑。

回音壁：天坛内建筑皇穹宇的围墙，其独特的弧形设计和所用材料，使其具有独特的回音效果。在墙内任何一地讲话，都能听到自己的回音，或两人相隔甚远小声讲话，贴壁都能相互听见。

萱堂：对母亲的敬称。作者母亲韩老夫人为人慈祥和蔼，曾负责街道工作，其时街道为全国卫生先进单位；街道兴办工厂，尽力安排居民就业，广受邻里爱戴。

【赏析】

作者当年在京工作，这是一首回忆接母来京，同游天坛时的一首念母诗。

首两句忆当年母亲初到北京，见到如此宏伟壮丽的皇家建筑，疑为仙境的惊奇之情。

后两句表达物是人非的感怀。回音壁犹在，母亲已驾鹤西归，天人永隔，无法再见。进入回音壁时，再也听不到慈母对儿的呼唤。那种子欲孝而亲不待的悲痛之情跃然纸上，不由不使读者生出同情共感之心。

（曹贵喜）

祭拜天坛

昔年与母拜天坛，
遥见祈年疑仙房。
若进如今回音壁，
萱堂可在呼儿郎。

王一荃

程斌画
癸卯冬

喜见贵喜友傍居荷叶池

读过《爱莲说》，欣喜荷叶池。
根茎扎泥土，花朵显妖姿。
波涌枝摇曳，风吹月映漪。
悠悠常漫步，伉俪自相敧。

【注释】

《爱莲说》：宋代学者周敦颐的散文作品。流传最广的赞扬莲花两句话是："出淤泥而不染，濯清涟而不妖。"

伉俪：尊称友人夫妇。

敧：古通"倚"，倾斜，倚靠。

【赏析】

首联以情景起，写作者很爱读周敦颐的《爱莲说》。的确，这篇文章文辞潇洒，雅致，对诸花的隐喻得体，是一篇传世佳作。

颔联承上写实，莲花根茎扎在水底泥中。叶和花在水上展开，绽放，显出美丽、端庄的姿态。

颈联扩转，描写莲花在夏晚微风吹拂下的动态情状。水面涟漪使得茎叶摇曳，月光下水中倒映出花影。

尾联合，写完池中之花，结尾回写友人。夏晚良宵，清风吹拂，一对老翁老妪，在莲花池畔漫步，相互扶持，悠哉游哉，在惬意中带有浪漫。读之令人羡慕。

全诗对景物描述生动，清风、明月、红花、绿叶、水波、倒影及池边一对扶持漫步的老人，构成一幅现代小区夏日晚景图，表达了对友人的情谊和对其晚年生活的祝福。

（缪世业）

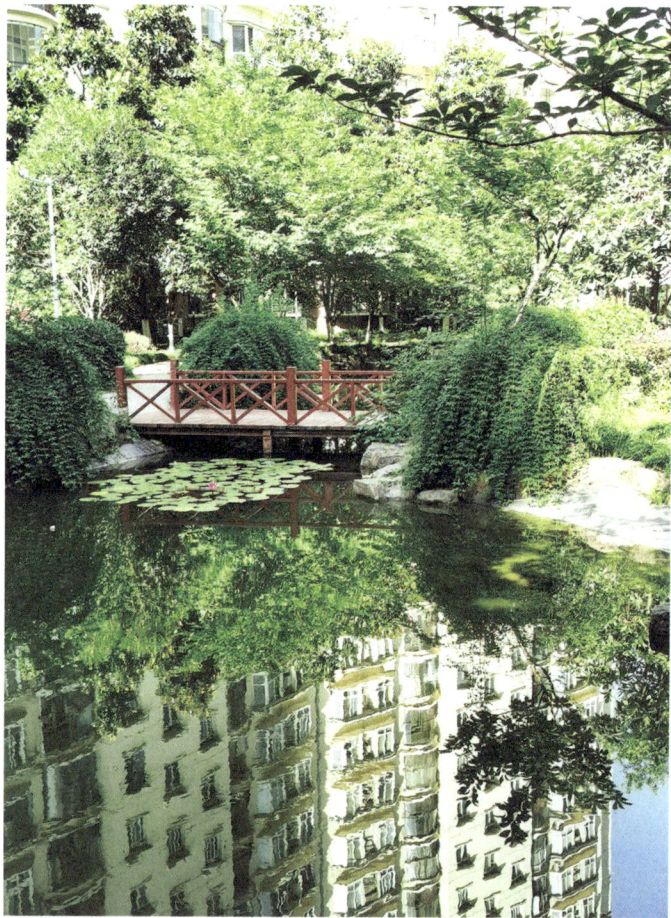

东大圩景区鱼塘垂钓

鱼塘几鉴开，绿树四方苍。
农舍鲜鱼饪，立竿见影尝。
知青从幼聚，群彦特区扬。
岂止晓星镇，才知汽车昂。

【注释】

鉴开：鉴是镜子的意思，形容水面平静。南宋朱熹所作的《观书有感》："半亩方塘一鉴开，天光云影共徘徊。问渠那得清如许？为有源头活水来。"

苍：青色（包括蓝和绿）。

岂止：不只是，远不止。

【赏析】

这首五言律诗描述几位友人回肥，相约到以前工作过的工厂附近的晓星镇池塘钓鱼，就在当地的农家乐烹制的事情。作者在诗中写出其乐无穷的心情。

作者和朋友来到几块水面平静的鱼塘，塘的四周绿树成荫，十分宜人，在这景色宜人的鱼塘垂钓十分悠然。将钓好的鱼，就地在农家乐烹制下酒，与友人一同品尝快乐的成果，其兴也雅。

诗中叙述的这几位友人是从小在一块长大的，先前一同到工厂（淝河汽车制造厂）工作，后又到深圳发展，取得可喜成就。"群彦特区扬"，是作者对友人事业取得成功的赞扬，彰显与友人真挚的情谊。

尾联"岂止晓星镇，才知汽车昂"中的"岂止"强调某种程度上的超越。安凯所带动名镇效应远不止晓星镇，表明安凯客车名车效应所展现的无穷魅力。

全诗讲究声律、对偶，平仄和对仗浑然一体。

（文虎）

2020.8.6

乐在其中

乐在其中

悠悠南淝河

工厂紧靠南淝河，奔出重卡四方惊。
畴昔旖旎千帆过，尚忆淝水大战名。

【注释】

畴昔：往昔、以前；指往事或以往的情怀。《礼记·檀弓上》："予畴昔之夜，梦坐奠于两楹之间。夫明王不兴，而天下其孰能宗予？予殆将死也。"

旖旎：旌旗从风飘扬貌。引申为宛转柔顺貌。李白《愁阳春赋》："荡漾惚恍，何垂杨旖旎之愁人。"

淝水大战：又称淝水之战，发生于公元383年，是东晋时期北方的统一政权前秦向南方东晋发起的侵略吞并的一系列战役中的决定性战役。前秦出兵伐晋，于淝水（现今安徽省寿县的东南方）交战，最终东晋仅以八万军力大胜八十余万前秦军。

【赏析】

这首七言绝句看似简短，但就其内容而言，十分精深。

作者借助南淝河之地名叙说曾经驰名神州大地的企业（合肥淝河汽车制造厂）和产品（江淮牌重型载货汽车）。用"畴昔旖旎"将企业往日的辉煌和追念融合在一起，简洁而生动。作者虽然早已离开企业，但还是对曾经工作过的企业有一种深深的眷念。

该诗押韵严格，平仄谐调，对仗工整。

（文虎）

旧时南泥河

癸卯秋

合肥天鹅湖公园

合肥艳现天鹅湖，矗立高楼未见鹄。
绿树成荫披草地，游人乐此行不足。

【注释】

天鹅湖：是合肥新修的人工湖，取名曰"天鹅湖"。

鹄：天鹅。

行不足：景色令人流连忘返，不忍离去。白居易《钱塘湖春行》："乱花渐欲迷人眼，浅草才能没马蹄。最爱湖东行不足，绿杨阴里白沙堤。"

【赏析】

这首七绝诗的主要特点就是景中寄情。它既写出天鹅湖浓浓的春意："绿树成荫披草地"；又写出了自然之美给人的强烈感受：把感情寄托在景色中，诗中字里行间流露着喜悦轻松的情绪和对天鹅湖景色的细腻感受。天鹅湖虽然没有天鹅，但"游人乐此行不足"，表达了诗人对天鹅湖美景的喜爱之情。

（文虎）

天鹅湖公园
一角 壬寅夏

小桥流水人家

远外青山绕，天高淡云飘。
水中出彩画，行走有石桥。
艳羡仙境处，疑为五柳陶。
逍遥居此地，往外路迢迢。

【注释】

出彩：旧戏剧表演杀伤时，涂红色作流血状叫出彩。这里指云山倒映，精彩如画。

五柳：陶渊明曾作《五柳先生传》以自况。文中云："宅边有五柳树，因以为号焉。""五柳"成了了隐居生活的代名词，也用来形容环境幽静、隐居闲适的地方。

【赏析】

读了作者的这首小诗，一幅青山环绕、流水潺潺、小桥座座、白墙黛瓦、绿林深深、鲜花簇簇、百鸟欢歌的江南村落图卷立即展示在读者眼前，并印在脑海里，仿佛五柳先生笔下的桃花源重现。

见到题名，联想马致远的小令《天净沙·秋思》中的景象，感到小桥流水虽同，所居人家有别。一枯一荣，一旧一新，一秋一春，一苦一乐，一死一活，一静一动，低沉消极与昂扬积极，截然相反。诗人通过"绕""飘""出""有""羡""疑""居""往"，以及"远""天""高""云""出彩""迢迢"等动词、形容词、叠音词、名词的巧妙搭配，做到诗中有画，景里是诗！让人反复吟唱不觉烦，流连忘返无劳累。

（宗在模）

蜿蜒长城

长城银蛇顺势爬，放眼广漠奇壮观。
金汤固若防胡侮，换代风云未始安。
岂料八达成景点，安知四通笑言欢。
长城不到非好汉，没有听说筑城难。

【注释】

银蛇：细蛇蜥的别名。生肖动物蛇，具有神秘、财富和吉祥等象征意义。

广漠：广大空旷。漠，面积阔大无人定居，缺水干燥的沙石地带。

金汤固若：即成语"固若金汤"。固，坚固；若，像；金，金城，指坚固的城墙；汤，汤池，指防守严密的护城河。坚固得像金城汤池。形容防御工事非常坚固，难以攻破。班固《汉书·蒯通传》："边地之城……必将婴城固守，皆为金城汤池，不可攻也。"

筑城难：长城建筑之难体现在：（1）生产力落后，施工慢，累死者众。（2）工期长，自然条件恶劣，冬寒漫长，冻死者无数。（3）倾国家十分之一壮劳力筑城，导致粮食减产，吃不饱饭，饿死者多。（4）施工项目多，长城结构复杂，战线长万余里。（5）匈奴骚扰。

【赏析】

这首七律写作者攀登世界文化遗产八达岭长城的所见所闻所思

所感。

首联（起），写登岭放眼观天下；

颔联（承），写长城作用在于"防胡侮"；

颈联（转），写长城今天只是供参观的景点；

尾联（合），作者试问：能上长城了不起！但又有谁会想到古代劳动人民建造长城的艰难困苦呢?!

这首诗最突出的特点是：

一、成语典故的应用（见注释），突出：长城长一万余里；长城固，若金汤；长城险，蛇蜿蜒；长城难，条件差；长城优，功能多；长城伟，世遗产。

二、对比对照运用：顺势爬——放眼观；防胡侮——未始安；岂料——安知；成景点——笑言欢；非好汉——筑城难。增强了表达效果和感染力。

三、尤其是反问词和双重否定句的运用，格外拓展了读者的思维空间。

（宗在模）

桂林好风光

桂林胜地扬天下，小憩阳朔倍认同。

远望天边山簇簇，近凝水下影喧喧。

游经阳朔风光处，确信人间有桃源。

忆念程君倒履迎，断魂印象水山中。

（作者自注：2010年去桂林游，其时程斌君在桂林一家公司任职，热忱接待，亲陪全程，夜观《印象刘三姐》壮美演出。）

【注释】

胜地：人文景观丰富，许多人崇拜、景仰的地方。王勃《滕王阁序》："胜地不常，盛筵难再。"

小憩：指稍作休息，休息一会儿。沈括《梦溪笔谈·权智》："远行之人，若小憩，则足痹不能立，人气亦阑。"

簇簇：一丛丛，一堆堆。白居易《开元寺东池早春》诗："池水暖温暾，水清波潋滟。簇簇青泥中，新蒲叶如剑。"

喧喧：形容声音喧闹，即发出嘈杂、刺耳的声音。这里是形容云和景在水中闪动的状态。何逊《学古赠丘永嘉征还》诗："结客葱河返，喧喧动四邻。"

桃源：桃花源的省称。详见陶渊明《桃花源记》。宋太祖乾德元年（963年）另置为"桃源县"。也指理想化的地方。

倒履：即"倒屣"，成语"倒屣相迎"。屣，鞋。陈寿《三国志·魏志·王粲传》记载蔡邕"倒屣相迎"王粲。古人家居脱鞋席地而坐，急于迎客，将鞋穿倒。这里指友人程斌热情欢迎宾客。

【赏析】

这首七律《桂林好风光》，写桂林风光优美，山水独特，令人神往。

首联（起），写桂林山水甲天下，在阳朔稍歇就有所感受。

颔联（承），总写桂林山水。

颈联（转），阳朔是桂林山水的典范。

尾联（合），写来桂林受友人程君热情接待，感触颇深。

作者擅长炼字：扬（名）、认（同）、（远）望、（近）凝、游（处）、（确）信、倒（屣）、断（魂），由虚到实，由远到近，由面到点，由看到感，都充分显示作者的功底。

作者善于运用对比、对照、映衬等表现手法，来描写景物和抒发感情。桂林—阳朔（整体·个例），山簇簇—影喧喧（上景·下影），远—近（山·水），天下—天边（全局·局部），水山—山水（虚·实），忆念—断魂（思·感）。

全诗给人留下"山如驼峰，漓水似镜。游人如织，鬼斧神工"的深刻印象。

（宗在模）

桂林山水

癸卯夏

黄山飞来石

云雾山中绕，盘石天上飘。
多亏铁拐李，鼎助单福桥。

【注释】

飞来石：安徽黄山平天矼的平坦岩石上，高12米的自然风化石，似从天外飞来，故名"飞来石"。民间有许多传说。其中流传最广的是，宋代有个叫单福的石匠，为家乡造桥，需要将石头运到江边，八仙中的铁拐李见状，帮助单福用扇子将石头扇落在江边。铁拐李见黄山风景秀丽，选择其中一块落在黄山，为黄山增添一景。

铁拐李：李铁拐，铁拐先生。为道教八仙中资历最老的神仙。《历代神仙通鉴》卷五与《列仙全传》卷一等道经记载，铁拐李虬髯，巨眼，坦腹，跛足，金箍束发，背一药葫芦，浪迹江湖，行医治病。后功行圆满，被玉皇大帝封为上仙。

单福桥：上部结构为"工字形钢梁＋混凝土桥面板"形式，双向四车道采用三片钢梁，六车道采用四片钢梁。钢主梁，安全耐久。

【赏析】

读着这首五绝，眼前立即出现一幅动态画面：1 800米左右的崇山峻岭中，白云缭绕，雾气蒸腾。八仙之首铁拐李，力推高12米、长7.5米、宽2.5米、重约360吨的天外巨石，并稳稳地将它垛在平天矼一块长12~15米、宽8~10米、厚1.5~2.5米、仿佛单福桥的平台上。这时，东方日出，云蒸霞蔚间，游人如织，观赏着、品味着这天外飞石，感叹不已。

　　作者实写黄山云和飞来石；运用联想、比喻、夸张、类比，虚写上仙铁拐李和单福桥，把仙境和胜景、神力与自然风化、仙同人有机地结合起来，给人以丰富而曼妙的幻想和遐思；增添了诗歌的可读性与意境的延展性。

（宗在模）

锡林郭勒盟行

儿时浅唱《敕勒川》，神往吹萱见牛羊。

安凯客车郭勒傍，慕名夜宿穹庐皇。

【注释】

锡林郭勒盟：锡林郭勒盟是内蒙古自治区所辖盟，位于中国的正北方，内蒙古自治区的中部，是距京津唐地区最近的草原牧区。锡林郭勒客运公司购一批安凯客车营运，作者曾去拜访客户。

《敕勒川》：一首敕勒人唱的民歌，曾在南北朝时期黄河以北的北朝广泛流传。由鲜卑语译成汉语。全诗寥寥二十余字，展现出我国古代牧民生活的壮丽图景。

萱：多年生草本植物。花黄红色，可供食用和观赏，亦称"金针菜"。吹萱，风吹着萱草散发阵阵香味。

穹庐：用毡布搭成的帐篷，即蒙古包。

【赏析】

这是一首纪游类的七绝诗，虽然没有具体写风景，但细读之，就发现这首小诗意境深邃，情感细腻，也让人深深感受到内蒙古大草原所展现的魅力。

诗的开头就写出自己经历：从小就开始唱《敕勒川》这首民歌，对这首民歌展现的"风吹草低见牛羊"的美丽风景十分神往，展现作者对大草原风景的情有独钟。

"安凯客车郭勒傍"，让神往的转化成现实。锡林郭勒客运公司在国内经过多次考察最终选中安凯豪华大客车作为"草原神鹰"，成为内蒙古客运主力军。也正是安凯客车被锡林郭勒客运公司选中，使得作者有了到内蒙古大草原的机会，同时表达作者对安凯豪华大客车的热爱和钟情。

锡林郭勒是草原牧区，豪华客车飞驰在大草原上，晚上又夜宿在令人神往的大蒙古包，作者的喜悦之情溢于言表。

这首诗意境开阔，虽然只有短短28个字，但全诗自由潇洒，无拘无束。

（文虎）

山雾缭绕

山雾遮天绕，雄鹰展翅娇。
终因生养计，捕鱼忙舟摇。

【注释】

缭绕：回环盘旋，曲折围绕。

遮天：遮住天空。这里是形容山雾浓重，遮住了草木房屋。

生养计：赖以维持生活的产业、职业、办法。

舟摇：划着小船。陶渊明《归去来兮辞（并序）》："舟遥遥以轻飏，风飘飘而吹衣。"

【赏析】

这首五绝写雄鹰盘旋，渔民划船，二者都为生计而奔忙。作者采用《诗经》赋比兴手法，一、二两句以比兴开头，写天、山、雾、鹰；后两句直写河、水、舟、人，并感叹为了养家糊口，不辞辛苦，划舟捕鱼。

作者上呼下应，一幅雾升鹰飞、水上舟行的人与自然和谐相融的动态画面，栩栩如生地展示在读者眼前。

（宗在模）

青藏高原

身居闹市面高楼，偶去青藏览群山。
万壑千岩人窒塞，天籁俱寂忘归还。

【注释】

　　青藏：青藏公路，翻越日月山、橡皮山、旺尕秀山、脱土山等高山，跨越大水河、香日德河、盖克光河、巴西河、清水河、洪水河等河流。计长782公里。从青海格尔木市出发，距拉萨1100公里。全长1900多公里。

　　万壑千岩：形容峰峦、山谷极多。《世说新语·言语》："千岩竞秀，万壑争流。"此处形容地形险峻。

　　窒塞：闭塞，堵住。阻塞不通畅。班固《白虎通·乡射》："春阳气微弱，恐物有窒塞不能自达者。"

　　天籁俱寂：形容四周非常寂静。常建《题破山寺后禅院》："万籁此俱寂，但余钟磬音。"

【赏析】

　　这首诗写作者见友人游览青藏高原的照片而有所感触。试想，一个长期在闹市工作和生活的人，难免有郁闷、疲惫的感觉，甚至会有那么一点厌倦的情绪。"偶尔"或借休假或趁出差去青藏高原，感受世界屋脊上的风土人情，换换环境，也是会有新鲜感的。尽管在"万壑千岩"中会因缺氧而呼吸困难，甚至短暂时间内，会产生

"窒塞"感，但"天籁俱寂"，会让人有超乎自然、超乎人世烦杂的愉悦和享受。在这种超世脱俗的境地中，谁还会记得回家的路呢?!

作者注重动词的运用。他深知诗中炼字的重要，深知动词可增添诗的活力："居"示静，"去"示动，"面"示呆，"览"示活，"塞"示苦，"忘"示痴。

作者善用诗歌的对应手法增强诗的意境，给读者以比较和想象：身居—偶去，闹市—青藏，面—览，高楼—群山，万壑千岩—天籁俱寂，窒塞—忘还。

作者匠心独运，让读者产生共鸣。

（宗在模）

夏日湖岸

湖岸桃林竞酷暑，无声万籁似寒冬。
艄公不见舟登岸，水下鱼儿惬意雍。

【注释】

籁：指声音。万籁，即各种声音。庄子在《齐物论》中把声音
分成天籁、地籁和人籁三种。

雍：意为和谐，从容不迫。

【赏析】

随着地球气候变暖，夏季变得时间长而温度高，尤其是城市，
到了无空调难以入睡的地步。此首小诗即实纪其热之景象。

首两句指无论是在河塘边还是桃林中，都是一样的酷热难耐。
所有人都避开露天日晒，像寒冬时节避开露天严寒一样地躲进室内
空调处或找阴凉通风之地避暑去了。广阔大地似乎一点声音都听不
见了。连桃树上的蝉也不鸣叫了。

后两句写眼前实景，艄公热得受不了，把小舟拖上岸自己觅地
纳凉去了。只有水中的鱼儿在从容地游动着，至于鱼儿是否惬意，
只有鱼儿和庄子知道了。

（曹贵喜）

古村寨

栉次房屋古寨貌，犬鸡邻里细闻融。
周遭翠海山廓绕，世代相安寿岁丰。

【注释】

栉次：成语"鳞次栉比"的缩写。栉，梳子。形容房舍多而整齐，像鱼鳞和梳齿的排列一样。

邻里：指邻居或同一村寨的人。

【赏析】

这是作者去某地古村寨旅游时写下的一首小诗。浅显直白，清新自然。

前两句描写村寨居屋密集齐整，邻里间守望相助，鸡犬之声相闻。各户间和睦共处，一派其乐融融之景象。

后两句写村寨四周青山环绕，景色秀美，不啻人间仙境。这里山清水秀，空气清新，加之物产颇丰，使得该村寨居民幸福感强，多长寿之人，令人称羡。

（曹贵喜）

古村寨　辛丑冬

三清山

人道三清天下秀，凡来此处不登黟。

全身花岗披成就，古拙精灵亦显奇。

峻岭高寒天地立，三峰虚幻道仙居。

虽然多次亲临地，怪石嶙峋未可知。

【注释】

三清山：又名少华山、丫山，在江西上饶市玉山县与德兴市交界处。平面呈荷叶形，由东南向西北倾斜。

古拙：古朴，少修饰；描写事物古雅、质朴特质，体现历史感，自然美。锺嵘《诗品·总论》："次有轻薄之徒，笑曹刘为古拙，谓鲍照羲皇上人。"

虚幻：不真实而虚假，空幻。

嶙峋：形容山石等突兀、重叠。

【赏析】

这首七律写道教圣地三清山地质风貌古朴、灵动、奇幻、冷秀的特质，感叹其深不可测。

首联（起），总写三清秀，"比黟山（黄山）还好，不必再去游黄山了"；

颔联（承），实写三清山地质构造及印象；

颈联（转），写三清山高而虚幻；

尾联（合），写游三清山的感受。

作者抓住三清山特质写三清山。

三清山，因玉京、玉虚、玉华三峰宛如道教玉清、上清、太清三位尊神列坐山巅而得名。玉京峰最高，海拔1819.9米，是江西第五高峰和怀玉山脉的最高峰，是信江的源头。三清山是道教名山，世界自然遗产，国家5A级景区。南北长12.2公里，东西宽6.3公里。三清山位于欧亚板块东南部的扬子古板块与华夏古板块结合带的怀玉山构造块体单元内，属花岗岩构造侵蚀为主的中山地形。因此，作者用"秀""披""奇""高寒""虚幻"等词语来描绘三清山。

三清山，耳闻为虚，眼见为实。"人道"不算，"来此"方信。

三清山有云海，有石松，有异草，可谓"秀"，亲临其境后觉得不必再去登黄山了。

三清山"全身花岗"，"古拙精灵"，"峻岭高寒"，"三峰虚幻"，"怪石嶙峋"，可谓"奇"；

三清山"天地立"，可谓高；

三清山"道仙居"，可谓神；

三清山"多次亲临""未可知"，可谓幻。

总之，三清山珍、奇、秀、幻、神、绝，当之无愧。

（宗在模）

三清山 癸卯冬

龙川都宪坊群

人杰秀美乡，胡氏牌坊彰。

大矩藏一会，龙川显露场。

雄伟立牌座，壮美见石檐。

庇荫前人护，嘉名世代扬。

【注释】

都宪：代指明朝的都察院，其主官为左、右都御史。在各道府，各部设御史和给事中，行纠察，督查，弹劾各部、各地官员之责，可闻风奏事。

牌坊：是中国传统建筑文化瑰宝之一，常采用木、石、琉璃等结构，以石刻结构为多。牌坊内容很多，有表彰贞节女子的贞节牌坊，有宣扬封建礼教的教化坊和颂扬当地出生名宦功绩的功德坊等。以功德坊为最多。

秀美、龙川：绩溪的两处地名，也是著名景点和胡氏集中居住区。

大矩：规为画圆工具，矩为画方工具。古人认为天圆地方。故大矩也代指大地。

【赏析】

皖南绩溪一带属徽文化地区，是徽式建筑和徽商的重要发源地。这里山川秀美，民风淳厚，重视教育，故历代人才辈出，是人杰地灵之地，也是安徽乃至全国的一块风水宝地。

首联：开门见山，起句即指出绩溪秀美，龙川一代英才辈出，人杰地灵。自明清以来，就出过抗倭名帅、兵部尚书胡宗宪，清朝红顶商人、独自筹资供左宗棠收复新疆的胡雪岩，北大校长、五四新文化运动领导者之一的胡适……真是群星灿烂，光耀中华。

颔联：二十世纪六十年代特殊时期，当地居民为保护这些珍贵的历史文物，将其拆散藏埋于地下，以致逃过一劫。世态平息后，又将其取出重建，恢复原貌。这是真正的历史文物，而不是造旧如旧的赝品。可见龙川居民对家乡是何等热爱，对有功于民族的祖先是何等崇敬，可谓用心良苦。

颈联：赞美牌坊建筑之壮美，含义深刻，体现皖南民众的自豪之情。

尾联：总合全诗。写皖南人民在前人余荫庇护下，要继续发扬光大，弘扬瑰丽的中华文化，使我中华屹立于世界民族之林。

（曹贵喜）

坊宽都

都宽坊

写于龙川之行　2020.9.29

春日闲转

春来不是读书天，捕风捉影随处闲。
时人未知老年苦，却谓夕阳心意灰。

【赏析】

此诗写得生动有趣。试看程颢的《春日偶成》诗："云淡风轻近午天，傍花随柳过前川。时人不识余心乐，将谓偷闲学少年。"本诗显然受程诗影响很大，甚至可以说是仿程诗风格的习作诗。但作者和程颢的心情不同，一谓乐，一谓苦。

首句说春日。大地回春，百花齐放。云淡风轻，天高气爽。人们刚度过寒冬，此时此刻多想去亲近自然，踏青寻花，放飞自我啊。加之春天易使人困倦、慵懒。所以作者概之曰："不是读书天。"

次句写退休老人无公务压身，在阳光和煦的春日里漫步闲游，显得无所事事，悠然自得。

后两句有反转，有隐喻，写得甚妙。时人未知老年苦，看似悠然自得的老者，不残不病，漫步花旁池畔，其乐融融，苦从何来呢？下句点明了，时人以为我已是夕阳西下、日薄西山，在安度晚年。其实作者是老骥伏枥，志在千里，但却只能赋闲在家，买菜下厨，心中怎能没有一丝苦闷呢？

（曹贵喜）

和友贵喜《梅雪争春》

梅雪争相冬送去，艳红漫洒各争妍。

奈何大雪寒天舞，却是梅花叫人怜。

【赏析】

时值冬末春初，武汉降大雪，苑中蜡梅盛开，满苑暗香浮动。漫步苑中，陡想起卢梅坡的梅雪争春诗句："梅须逊雪三分白，雪却输梅一段香。"遂兴起作小诗《梅雪争春》一首寄荃友：

梅雪何须去争春，一切自在世人心。

雪是有利亦有害，梅花送香满是情。

我的小诗浅显明白，白雪与梅花两者都是好东西，世人尽知，何须竞相争春呢？

未久，作者回诗一首，回诗似亦有同感：前两句一视同仁，梅雪争艳，冬去春来，乃至万象更新；后两句却和罗隐，"长安有贫者，为瑞不宜多"一样，对贫者起了恻隐之心。寒冬大雪毕竟使衣单者难以禁受。而梅花却幽香暗送，不论贫富，使人怜惜。二诗有异曲同工之妙。

（曹贵喜）

梅雪争春

梅雪何须古争春
一切自在世人心
雪是有利亦有害
梅花送香满是情

贵喜

和友贵喜
《梅雪争春》
梅雪争相冬送去
艳红漫洒各争妍
奈何大雪寒天舞
却是梅花叫人恰

王一荃

入秋兴

入秋倾盆雨，浑身顿感轻。

谁知凉半会，又把扇来擎。

蚂蚱蹦多久，蝉鸣哑小声。

秋衣及早备，把酒羊肉烹。

【注释】

蚂蚱：也称蝗虫，怕冷。所以有"秋后的蚂蚱蹦腾不了几天"的民谚。

蝉：又名知了，生于夏季，生命期短，在树间鸣叫，天越热，鸣声越响。

【赏析】

首联：入秋了，熬过暑热，又下了秋雨。俗话说，一阵秋雨一阵凉。作者顿时有了秋凉将至的感觉，一身轻松。

颔联：老天像是开了个不小玩笑，乍凉还热，让人也燥热起来，拿起了扇子。

颈联：毕竟到了秋天，秋风亦将到来，树上知了鸣叫声小了，预示秋之将至。那么秋后的蚂蚱还能蹦腾多久呢？

尾联：如合肥一样，现在许多城市春秋两季忒短，转眼即过。既然秋天到了，冬天就会接踵而至。要准备过冬衣衫了，等待着吃火锅羊肉的美好冬天吧。

全诗浅明诙谐，却反映了气候变化对人们生活影响的实况。

(曹贵喜)

入秋兴

入秋倾盆雨，
浑身顿感轻，谁
知凉半会，又把扇
来擎。蚂蚱蹦多久，
蝉鸣哑小声。秋衣
及早备，把酒羊肉烹。

王一荃诗 程斌配画 癸卯秋

今日白露

天上嵌白云，
树梢叶儿卷。
今逢白露日，
热燥更难眠。

癸卯年八月二十四

【赏析】

　　大城市中因人多车拥、高楼密集，阻碍空气流通，夏间其气温比乡间略高2摄氏度左右，气象学上称其为热岛效应。此首小诗戏说如今由热岛效应而引起的城市暑热长且难耐的事实。

　　白露已是立秋后一月了，民谚"白露身不露"，即人们不能再怕热打赤膊了。可现在却仍暑热难耐。树叶因蒸发缺水而垂卷，人们因无空调降温而难眠。

（曹贵喜）

露白云，
白儿卷露堆眠日，
上嵌叶白露。
天梢逢更一
树燥王茎
今
热
癸卯秋

重阳节

年逢九九是重阳，佩带茱萸话短长。

老友登高来作伴，能学桓景美名扬。

癸卯年九月初九

【注释】

九九：古易经中以奇数一、三、五、七、九为阳数。九月初九日有两个九，故曰重阳。

茱萸：多年生乔木，开黄花。相传其枝叶能避邪。

桓景：古传说中的英雄人物。民间传，九月九日有妖物到其家乡吐毒雾害人。桓景愤而上山求仙学道。历尽艰辛遇得仙师。学成后师赠茱萸叶和菊花，令其下山护民。桓景回乡，重阳至，桓令乡人均佩插茱萸菊花。果然妖不敢至，乡人免祸。后每年九月九日插茱萸、登高、饮菊花酒的习俗保留下来，王维诗"遥知兄弟登高处，遍插茱萸少一人"即指此俗。

【赏析】

时逢重阳，作者与老友相聚，佩带茱萸登山、赏景。高兴之际，忽联想到桓景为桑梓除邪造福之事，生出未能如其所为的遗憾之情。

（曹贵喜）

重陽節
年年這九，
是重陽佳
節茱萸
話給長老爹
友登高來
作伴能學
照景美
名揚
王之章詩
程殘硯畫
癸卯秋

中秋夜

今夜天公弗作美，抬头未见亮月盘。
圆球放置游园场，俯视疑为月色寒。

癸卯年中秋

（作者自注：今晚天阴不见月，物业在游乐场置一大球似月亮，供业主观赏。）

【赏析】

此诗是作者中秋赏月时的戏作。

中秋夜，月被云遮，人们难免扫兴。社区物业管理人员置一亮圆球于小广场中，人们虽在阳台抬头不见月，但俯视"月儿"明，以解中秋无月之憾。作者不禁联想到，我们的英雄宇航员们，在天际俯视，不亦见到亮亮的月盘吗？寥寥数语，也体现作者敬佩宇航员，为国自豪之情。

（曹贵喜）

秋

夏去倏凉重骤热，临冬又惧颤巍寒。
秋分喜禄收成好，仰望金秋满月盘。

【赏析】

这首诗是对气候变化作出的调侃。

首句：夏季既热又长，令人难耐。突然凉爽起来，使人感到十分惬意。可造化弄人，骤然又热起来，使人有得而复失之感，十分惆怅。

第二句：写秋天虽快到，但倏忽即去，很快又要到冬天。想到冬季那彻骨的寒风，不禁令人颤栗起来。

第三、四句：我国连年粮食丰收，今年秋收又传来丰收的好消息，令人高兴。仰望天空，明月高悬，如白玉盘般给人以愉悦之感。

（曹贵喜）

夏去惭凉秋豫热
临居又俱颜窥寒
秋分嘉谋收成好
仰注东秋满目暨
王崖诗秋

程毅配画
癸卯中秋

初冬

立冬之日速朦胧，凉叶萧萧漫地蓬。
老而弥坚精气长，身如落叶卧寒风。

癸卯年十月八日

【赏析】

立冬，是冬天的开始。虽节令上入冬，实际上天气尚未寒冷。人们还在享受着天高气爽的愉悦。

但毕竟到了秋风扫落叶之时，入秋后从梧桐树开始，各种乔木落叶树都开始落叶了。待各种落叶树都落得差不多了，清风遂逐渐变成寒风了。

前两句：在好天气时，人们心情愉悦，总是感到时间过得很快。不知不觉间满地落叶蓬松。人们也因有寒意而增衣了。

后两句：作者和许多老人一样，长年坚持锻炼。他们到了冬季反而精神弥坚，活力尤盛。好似满地落叶一样，随风飘舞，充满活力。作者以落叶喻身强体健的老者，独特而罕见。和清代龚自珍《己亥杂诗》中诗句"落红不是无情物，化作春泥更护花"有异曲同工之妙。

（曹贵喜）

初冬

立冬之日未遽寒
纵涼飙萧萧
场圃莲芨而弥望
稼禾长乎

庭如蕉棠阶寒风

王一莹诗 程斌书于政和冬

定风波·大雪

大雪时节渐转凉，

今晨风弱见曦阳。

邻里相逢常讲笑，

喜闹，

怡情养性立孙旁。

亲见祖国欣旺盛，

永恒，

祥云一片在东方。

尽管风吹惊草动，

不恐，

也无惧惮永花腔。

癸卯十月二十五

【注释】

曦阳：太阳或阳光，象征活力四射和新的开始。

养性：包括修养身心，涵养天性等方面。性通生，养性即修正行为，减少欲念，使行为符合至善、至纯、至真的标准。

祥云：祥瑞之气借指吉祥、美好愿望，如平安、健康、知识、卓越，事业有成。庾信《广饶公宇文公神道碑》："祥云入境，行雨随轩。"

惧惮：畏难，畏惧。惮，害怕。

【赏析】

作者此处用了"定风波"词牌来写"大雪"。

"大雪"节气后天渐渐转凉了，今天早上风小也初见阳光。邻居们像平常一样，见面打招呼，有讲有笑，好生欢喜，好生热闹。身边还带着孙子辈哩。

年纪大了，看到祖国繁荣昌盛，吉祥如意，人民健康幸福，是多么幸运啊！即便有什么风吹草动，那也不担心，不害怕。国强民富，又有什么值得恐慌的？安心欢度晚年吧！

词的上片写雪后虽冷，毕竟出太阳了，老人们带着孙子辈正在大院里晒太阳唠嗑哩。

词的下片写老邻居们闲聊，感叹国家兴旺，百姓安康，一派繁荣景象。

民强国富，何惧之有?!

作者在这首词中采用虚实结合的写法：实写了大雪初晴，邻里相逢，欢声笑语；虚写了老人言谈内容和安度晚年的心理与情态。看似平铺直叙，却是场景感人：大雪初晴仍觉冷，情满邻里送暖心。俗话说"霜前冷，雪后寒"，在作者的笔下，却雪寒场暖，天寒话暖，身寒心暖。

（宗在模）

定風波·大雪

大雪時節
漸瑟涼冬
晨風物見
曦陽都里
枝頭歲峥
笑意常怡
情義與性生
孤人鄉望兒
視園形旺
盛永臨祥
雲飛雨東麥
方漲雀風
吹綠芽動
不恐遠鑽揆
條不思荒經

錄一堂先生
過程斌書於
甲辰春

冬至

冬至即临雪早行，寒风凛冽直袭人。
又逢祭祖好时日，万户千家迎新春。

癸卯冬月初十

【注释】

冬至：是一年中最重要节气之一。其日，太阳直射南回归线。是北半球白昼最短，黑夜最长之日。此后太阳北归，北半球白昼渐长。故民间有"吃了冬至面，一天长一线"之说。

冬至又是民间祭祖的重要时日。有"冬至大如年"之说。习俗该日北方吃饺子，南方则吃汤圆。

【赏析】

前两句指过了冬至就进入数九寒天了，开始下雪了，风吹脸上有刮骨之寒了，但还不是最冷，到"三九四九"才"冻死黄狗"呢。

后两句：时逢祭祖日，家家祭奠先辈。以家族兴旺告慰祖先，祈求祖先在天之灵多多庇佑。

与大人相比，孩子们更喜欢的是穿新衣、放鞭炮的农历新年。冬至过后，新年将至，孩子们心情一天乐似一天。主妇们开始制作腊肉、腊禽、咸菜（旧时无冰箱可贮存），制作家人新衣，为迎接新年而忙碌起来。社会上喜气也日渐增多。

（曹贵喜）

冬　至

冬至即临雪先行，
寒风凛冽直袭人。
又逢祭祖好时日，
万户千家迎新春。

王一荃

癸卯年
冬

小寒

地冻并非几日寒，悄然累月气寒凝。
筋骨久炼时灵应，厚积薄发踔厉增。

癸卯冬月廿五日

【注释】

灵应：原指应验，在苏轼《密州祭常山文》中用及，"三言"书中也常用之。这里应指老人活动应付自如，灵活轻盈之意。

厚积薄发：指平时多多地学习积累知识和经验，须用时适度地悠然地使用。

踔厉：雄健奋发，神采飞扬之意。

【赏析】

前两句指虽过冬至到小寒，但地冻未消，天气日寒尚无回暖之意。正是：冰冻三尺，非一日之寒。而解冻三尺，则亦非一日之暖。

后两句又回到谈老人健身之事。因为经年累月，不分寒暑地坚持健身壮体，人虽老亦仍觉四肢灵活有力，体态轻盈，动作灵便，毫无龙钟之感。

由此念及他物，凡事不可急功近利。应打牢基础，博学多闻，待到功底深厚时，一旦使用，定然言之有物，一语中的，有语惊四座之效。反之，则往往欲速而不达。

（曹贵喜）

小寒

地涷弁兆
北自雪悄
然一夏有氣
寒潮箭音
天旅陪雲
應居積傳
雙踪硯墙
王雲詩
稻城旅畫

癸卯冬 [印]

大寒

寒至极时势必竭，地庐回暖盼无灾。
全家乐品腊八粥，君盼桃花满园开。

癸卯年腊月初十

【注释】

大寒：一年中最后一个节气，也是最寒冷的一个时段。

腊八粥：农历腊月初八，人们用大米、红豆、红枣、莲子等八种杂粮食物细火慢熬成浓稠之粥，俗称腊八粥。其来源有多种说法，有说纪念岳飞，有说纪念朱元璋。更多说法是该日为佛祖释迦牟尼成道日。故各寺庙均有在该日施舍腊八粥之习俗。

【赏析】

前两句：大寒是一年中最后又最冷的一个节气，其后便是立春了。阴气至此已至巅峰。此后便是阳气渐生，阴气渐弱，要到大地春回的时候了。

农作物最怕倒春寒，麦苗刚出土，一夜寒风冰雪便遭冻杀，酿成大灾。

人复如是，李清照词："乍暖还寒时候，最难将息。三杯两盏淡酒，怎敌他、晚来风急。"也正是指此时节。

后两句：指一家人围坐一桌，喝着香甜浓郁的腊八粥，盼望姹紫嫣红、百花盛开的春天早日到来，体现了现代众多家庭的幸福生活。

（曹贵喜）

癸卯冬 王一荃

枯荷

楮练秋风劲，可人已叶枯。

莲蓬虽剥落，玉藕却还拄。

愧怅名身退，狼籍遍满浦。

来年炎夏日，袅袅异馨妩。

【注释】

楮练：用楮树皮为原料所制之纸，其色白如帛。

可人：秀美又善解人意之女子。

浦：水滨，近岸之水面。

【赏析】

这是作者见友人所画之枯荷图即兴而作的一首五律。

古人题咏荷花的诗词很多，画作亦多。记得最有名的一句莫过于李商隐的"留得残荷听雨声"了。

首联：画在如帛的楮练上的荷花，在强劲的秋风中已结莲蓬。美丽可人的青荷叶却已经残破枯黄了。本句写画中实景。

颔联：由水面渐而至水底。水面上莲蓬虽被人取食剥落，而水底泥中的藕却成长得像美人玉臂一样白嫩圆润了。

颈联：作者由物及人、由景生情了。工作数十年后已年迈退休，无能为力了，似水中枯荷，狼藉不堪。未能为国家作出什么贡献，心中有愧。

尾联：虽然明年水中荷叶依然青青如盖，荷花仍清香袭人，而人无再少年。老则老矣，心虽壮而力不逮。此人生之憾，古今有之。

其实，豁达一些。一生中尽心尽力做好事，不做坏事，即可心安理得。生亦可欢，死亦无惧。

（曹贵喜）

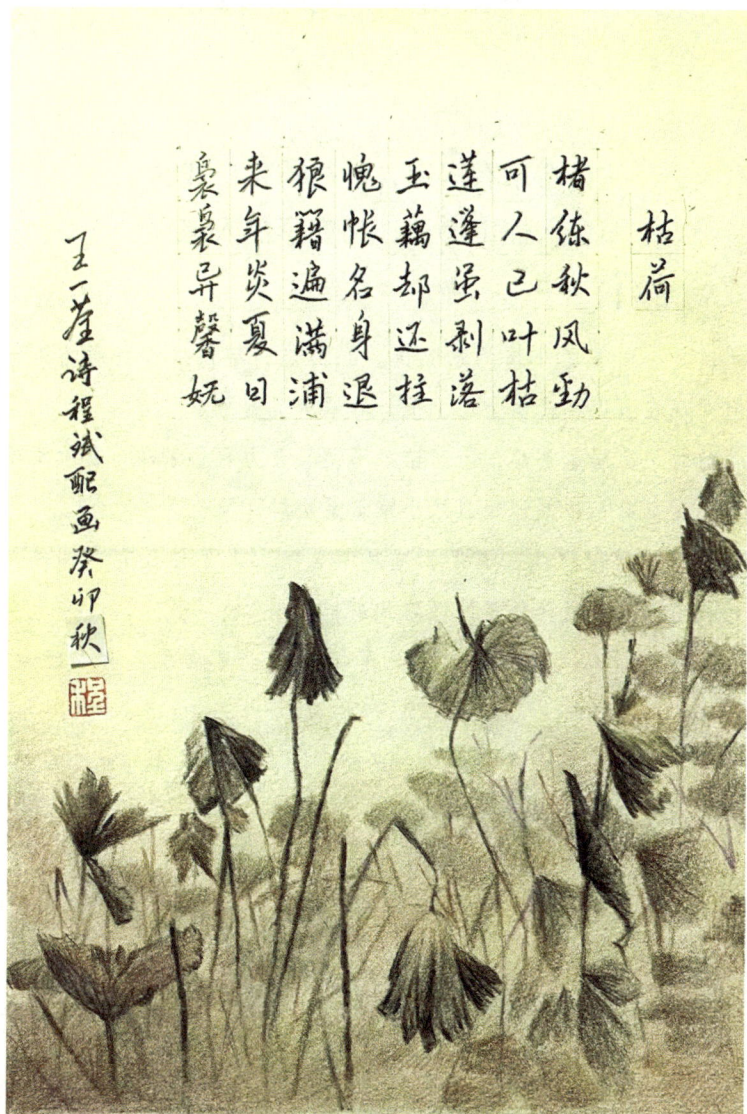

鸟居天堂

——爱鸟人士在树上设鸟窝有感

往日希求有居室，衔枝羡雀自成窠。

如今入住电梯房，鸟亦享福人造窝。

【赏析】

  这是一首见景生情的感叹诗。既回忆当年住房如蜗居的困窘，又有对现在有电梯代步上、下楼，舒适满足的惬意。

  前两句写居屋狭小，生活诸多不便又无力自行解决，徒自忍受。复见鸟雀自身衔枝及泥为自己小家筑巢安居，徒生羡慕之情。

  后两句对比现在，有了较宽敞的居室，上下楼还有电梯代步，这对八旬老人来说是何等的惬意和满足。

  又复见爱鸟人士为鸟筑巢，感慨鸟儿也享福了，有人代为筑巢了。

  细思之，筑巢乃鸟类自身生存的本能。爱鸟人士如此作为是否犹如拔苗助长呢？如果鸟类都不会或不愿筑巢，变成鸠一样，夺它鸟巢为己有，鸟类又何以生存呢？

  有所为有所不为，人当细思之。这可能是此小诗隐含之哲学意义。

（曹贵喜）

程诚叭画甲辰春

镜湖之歌

陶塘静卧似西湖，夏水满池柳叶青。
遍野葱笼塘似镜，游人熙攘噪音停。
长风大雨骤然倾，山上水边静寂宁。
有兴山头朝下望，东边突显滨江亭。

【注释】

镜湖：芜湖市中心之城中湖，分东西两部，连通处上有拱桥。其湖原名陶塘，系南宋状元张孝祥捐地所建，因张钦羡五柳先生，故取名陶塘。沿岸遍植垂柳，风景宜人，"陶塘烟柳"是芜湖老八景之一。上中学时，作者和我每天上学、放学均经过陶塘，对其喜爱尤深。

【赏析】

首联：陶塘名不及西湖，但湖水清澈，拱桥犹似断桥；虽无三潭印月，但有烟雨墩等两葱笼小岛及其上的西式风格建筑物可堪比美。夏日在此纳凉人多，岸上、水边俱见柳枝摇曳，柳叶青青。作者爱之心切，故以西湖喻之。

颔联：夏季傍晚，陶塘沿岸游人最多。在这湖水清澈、柳叶青青的阴凉之处，人们的热燥之心顿时会平静下来，享受着清凉惬意之安宁。

颈联：诗中所言之山是市中心之赭山，山不高却秀美，郁郁葱葱，亦一著名景点。夏季之雨来得快去得快，俗称云头雨。当大雨突降之时，两处游人各寻避雨之所，两景点也寂静下来。

尾联：此联指山上游人若俯视全城的话，可见江城如画。千年古塔中江塔矗立在青弋江入长江的两江交汇处，蔚为壮观。

此诗写出芜湖中心区的三处著名景点，着墨有浓有淡，足显作者对故乡的热爱之情。

（曹贵喜）

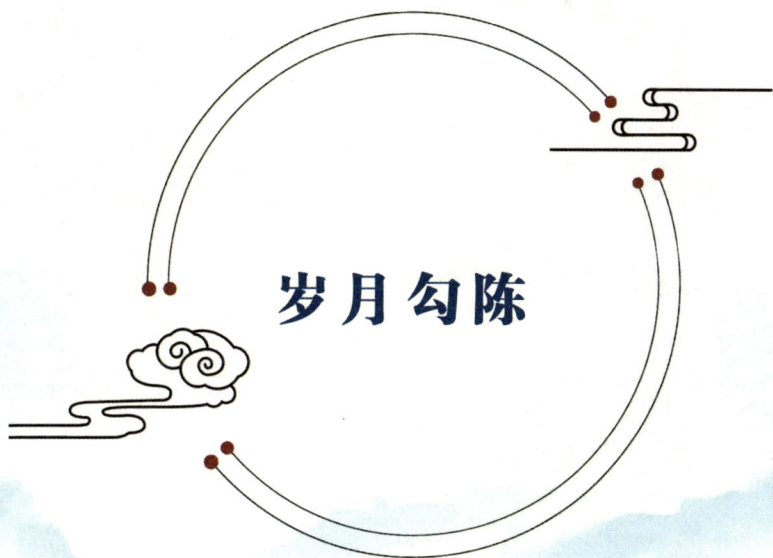

岁月勾陈

忆童年

一间陋室弟兄俩，喜笑严寒冰室藏。

欲想长存留夏用，忽觉酷暑享风凉。

（作者自注：忆起儿时在家乡怀宁外婆家居住，一年冬天奇冷，积冰多多，与家兄将大冰块捧回家，拟留着天热时乘凉。后学《诗经》，知古代早有伐冰之家。）

【注释】

伐冰：冬日采冰存于地窖，夏日取出以降温。见《诗经·豳风·七月》。

【赏析】

此首诗与《端午忆童年》《少年行》均是作者老来忆起幼时一些有趣之事的戏作。其风格轻松愉悦，生动活泼，又充满着对母亲、兄长、班主任的深切怀念之情，亦有人生易老天难老之感慨。

幼年寒冬，屋檐会结长长的冰凌，孩童会取之把玩或吮吸。作者兄弟俩却想将其取回贮存，以备暑时降温。此事虽幼稚却也反映二兄弟有谋长久之意。后读《诗经》，方知古人早已为之，非怪诞不经之思。

（曹贵喜）

忆童年

俩兄弟室藏用
冰室夏留凉
陋室严寒冰室
一间喜笑严寒长存
欲想长存
忽觉酷暑享风凉
王一荃

端午忆童年

儿时脸涂雄黄酒，艾草芬芳粽子香。
家母收回屋外物，驱灾避邪保安康。

癸卯年五月初五

【注释】

雄黄酒：以少量雄黄加入酒中，端午节饮之可辟邪。《白蛇传》中，白素贞即饮雄黄酒现出蛇身原形而吓死许仙，后冒险盗仙草而救之。孩童不饮酒，母亲多在其面涂抹雄黄酒或在额上书一"王"（象征虎头）字以辟邪。

【赏析】

我们幼时，旧俗甚隆。端午节不仅有赛龙舟等大型活动，各家亦饮雄黄酒，包粽子，悬艾草、菖蒲于门旁以辟邪。户外之物尽量收回屋中，以免沾染邪气。

读此诗忆及当年，应诗一首：

年少思节日，端午粽子香。

母沾雄黄酒，为儿额书王。

（曹贵喜）

竞晓胎涂雄黄泗　争少愚节日

艾草芬芳探子香　端午探子香

慈母收回屋外物　母沾雄黄酒

张灾避邪保安康　为兑额去王

端午忆童年　王二誉　端午和诗　曹贵春

癸卯端午

少年行

少年喜系红领巾，相伴入眠颈上留。
体美智德劳永记，一生奔走竞方遒。

【注释】

红领巾：老师教导说，红领巾是红旗的一角，是用烈士的鲜血染成的。少先队员要做共产主义接班人。

【赏析】

此首小诗反映幼时作者对红领巾的热爱且为之自豪之情。作者自小就立有为人民服务之志。可见对少年进行德智体全面教育之必要。

读诗后，往事历历在目，以诗助兴之：

忆荃友

忆君年少时，笃学鸟先飞。

课余乒乓闹，率真敞心扉。

（曹贵喜）

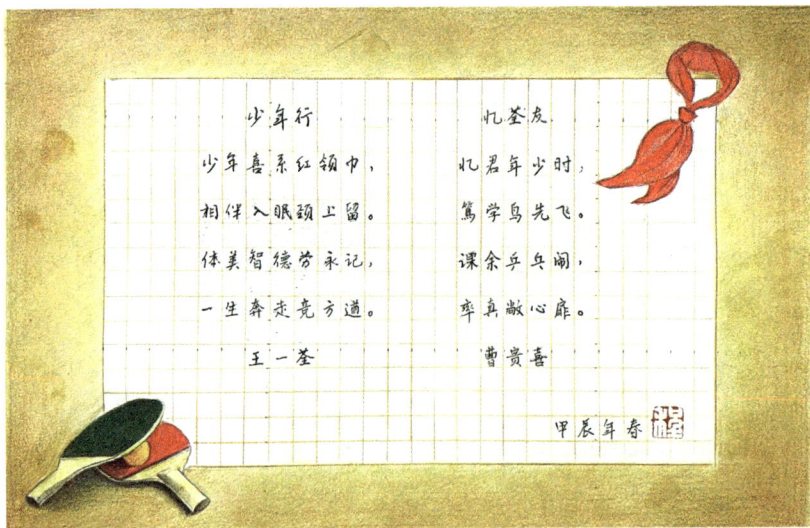

少年行

少年喜系红领巾，
相伴入眠颈上留。
体美智德劳永记，
一生奔求竟方道。

王一荃

忆荃友少时，

忆君年少鸟先飞，
笃学乒乓闹，
课余乒乓敲心扉。
窣兵曹贵喜

甲辰年春

好事多磨

世间难忘事，劳顿几番空。
可贵遣余力，河西复换东。

【注释】

好事多磨：指做成一件好事总要经受许多挫折和磨难，见晁补之《安公子》词："是即是，从来好事多磨难。"

河西复换东：指民谚："三十年河东，三十年河西"，意为事物都处在变化中，沧海可变桑田。不可能的事，经努力会变为可能。历经失败的事，持续努力也会取得成功。

【赏析】

陆游诗云："纸上得来终觉浅，绝知此事要躬行。"民间谚语："不当家不知柴米贵。"事情看似容易，亲自做过方知其中之甘苦。此诗应是作者历经艰辛而终事成所发的感慨之言，亦有劝告世人莫轻看他人成就，以为自己才高凡事可一蹴而就之意。

（曹贵喜）

老骥伏枥

少年不晓古稀味，徒羡晒阳不险艰。
老骥常操家务事，油盐酱醋不等闲。

【注释】

老骥伏枥：引自曹操四言诗《龟虽寿》。诗云："老骥伏枥，志在千里。烈士暮年，壮心不已。"

古稀：指七十岁

【赏析】

作者退休赋闲之作。

首句起笔突兀，不知老之情状犹如少年不知愁滋味。

第二句承接，羡慕古稀老人聚在一起晒太阳聊天享受天伦之乐。

第三句笔锋一转，时光荏苒，如今老之及身，操持家务，入厨作炊。

尾句合，感叹与油盐柴米作伴并非易事，且亦有一番情趣。

诗中隐约可见作者有廉颇未老尚能一战之感，作此诗以抒怀。

作者将退休赋闲之作与我分享时，回诗一首予以宽慰，愿友劳累一生，该歇息啦，安享些天伦之乐吧。

倦鸟归巢

答友诗

衔枝巢垒虽劳苦，吱喳不停上下忙。
倚立登高老树处，喜见雏鸟试飞翔。

（曹贵喜）

少年不晓古稀味 徒羡骄阳阴不
险艰老骥常操家务事油盐
酱醋不等闲　录一崖先生诗
《老骥伏枥》程斌写于甲辰初春

忆中山小学

八岁插班名上榜，书包母缝笑开颜。
随师班长挨家访，三杠灼灼满街顽。
洪水妄为奇异漫，划船嬉戏平常般。
严亲令我一中看，瞠目恐龙骨架颜。

【注释】

洪水：系指一九五四年长江发大水，芜湖破堤，水漫半个市区，作者及我居处积水有一人深，交通以舟代行。我等均被政府救出安置高处暂住。

三杠：冬季考试榜上有名，身为班长常陪同臧祥忠班主任家访，常佩戴大队长标志上街炫酷。

【赏析】

作者忆及幼年读书时的喜乐，其时甚至不为洪水及临近小升初而忧，也忆及随父去一中科学馆内见到恐龙的化石模型时的惊愕。和其人一样，文字清新活泼，陪老师到同学家家访，身佩三道红杠的大队长，心中有一种满满的带稚气的自豪感，溢出体外。

由诗中看出，其家并不富裕，然父严母慈，家教极好。由其母亲手为其缝制书包，其父忧其耽于玩乐，责令其要考取一中可见一斑。

值得一提的是，当年学生负担不重，自制的书包内仅有语文、算术两本书（加一铅笔盒）。

    诗句浅显，但活泼生动，把一个幼童的心理活动描述得使读者如见其人，如闻其声。

（曹贵喜）

国球乒乓

人世几回会奋发，三年信誓竟夺冠。
山河呼啸震天响，青少挥拍抱群玩。
瞩目啧啧安可仰，银球长盛不敌寒。
国歌奏响乒乓场，高扬旗帜容国团。

【注释】

容国团：中国著名乒乓球运动员，首位世界冠军获得者。容国团加入国家乒乓球队后，曾豪迈地立下三年夺取世界冠军的誓言且一诺千金。

作者自幼喜爱打乒乓球，初中时便效仿容国团的近台切磋打法，更欣赏他"人生能有几回搏"的豪言。

【赏析】

首联，上句起，下句承。1961年世界乒乓球决赛期间，在中国队处于不利局面的形势下，容国团喊出了"人生能有几回搏，此时不搏，更待何时"的豪迈口号，极大地鼓舞了全队的士气，增强了全队的信心。最终战胜强敌，赢得了世界冠军。

颔联、颈联继续叙述此事震动全国，举国欢腾。容国团也成为青年们的偶像，被当作民族英雄来敬仰。在全国青少年中掀起了乒乓热，课余休息时间，同学们都争打乒乓球，许多学校在操场上制作了水泥乒乓桌，供学生打球。自此乒乓球成为中国国球，长盛不衰。

　　尾联上句转，每次国际乒乓球大赛上，中国都成为夺金最多的国家，会场上不断升起五星红旗，响起雄壮的中国国歌；下句合，这一切成绩的取得，容国团厥功至伟。

（曹贵喜）

国球乒乓

人生几回会奋发，
三年信誓竟夺冠。
山河呼啸震天响，
青少挥拍抱群玩。
瞩目啧啧安可仰，
银球长盛不敌寒。
国歌奏响乒乓场，
高扬旗帜容国团。

王一荃

甲辰正月

高考季,忆1961年身临师大考场

【小序】

考前还在谈笑自如，一声铃响，胆颤心惊。进教室见考卷，题题陌生，十分钟后才回过神来，抓紧答题。

> 电铃骤响雷声吼，笑语童生霎那分。
> 题卷略瞥全为惑，入闱一刻值千金。

癸卯年四月二十

【注释】

霎那：表极短的一瞬之间。

略瞥：考前老师教导我们，不要拿题就做，先迅速把卷子通阅一遍。把会做的先做完后再做待思考的题，这样不会因缺时丢基本分。

【赏析】

高考对于学生来说，是人生的十字路口，上世纪六十年代初，高考虽不像现在这么"卷"，但对考生来说还是十分紧张的。此小诗准确生动地反映了考生当时应考的心情。

前两句写考生闻进场铃声响起时的心态和行为，说说笑笑的一群青年人，闻听铃声，如闻雷震，心惊胆颤，随即如脱兔般奔向各自的考场。

后两句写作者阅卷时的心理活动和行为。全篇一瞥，似有若干题不会，心中不由得一时发蒙。但迅即冷静下来，知道时间宝贵，就先做会做的题目。

短短四句小诗，把高考应考生们的考前、考中的心理活动和行为，描写得惟妙惟肖，入木三分。凡是有过高考经历的人，都会觉得这是在写自己。

（曹贵喜）

忆陈晓物老师告知录取喜讯

【小序】

　　高考发榜前十日，正午觉，酣于黄粱梦中，陈师忽临，告余已被录取，惊极。梦耶？真耶？

　　　　酷暑难耐催人眠，正值黄粱好光景。
　　　　忽听邻人一声唤，交大陈师送佳音。

【注释】

　　当时高考后都在规定时间将通知书用邮件寄到考生家中。在离规定时间尚有十天，即接到招考老师来家通知已被录取。此意外之喜难以形容，只能借用杜甫诗句"漫卷诗书喜欲狂"来表达了。

【赏析】

　　小诗只写当时接待招考陈老师来家通知的情况，把自己喜悦激动之情，隐于诗外，让读者，特别是高考考生们自己去体会。但小序中亦巧妙地用"梦耶？真耶？"四字，把自己疑是黄粱美梦已成现实的狂喜心情流露出来。

　　　　　　　　　　　　　　　　　　　　　　　（曹贵喜）

忆刘增明同学

石窟仰拜处，佛脚可知邪。
同学多康健，视频微信夸。
今夕惊电讯，上月去天涯。
忆念别君日，虔心拜女娲。

【注释】

大学四年级时去洛阳拖拉机厂实习，周日去龙门石窟大佛处抱佛脚。传说两手能够合拢便可活100岁，同行者无一能成，扼腕叹息。领队的蔡老师一试而就，大家称赞不已。回厂的公交车上，老师说，"不是你手短，也不是我命大。小腿是椭圆形，你们想法顺着小腿长轴方向抱，手臂贴着小腿面间隙就小多了，但大家自然地迎着腿的侧面抱上去。"我们恍然大悟，记住老师的谆谆教导，"遇事要动动脑筋。"

工作后一次去洛阳出差，与时在洛阳轴承研究所工作的刘增明同学前往龙门石窟一试，果然轻松合拢。未料他前不久谢世。

【赏析】

这是一篇悼念亡友之作。洛阳大佛闻名于世，传说两手能合抱其腿者可长寿百岁，作者的老师用几何学知识解开谜团。多年后出差洛阳与同学重游时，一试果然。不久闻其友英年早逝。作者思及同游大佛之事，不由悲从中来。遂写下此诗，既感念人生无常，又痛惜其友英年早逝。

　　此诗明白易懂，前叙与友同游石窟，抱大佛之腿成功之乐。后叙分别未久其友即离世的震撼惋惜之情。文字浅显，情真意切。

（曹贵喜）

忆在"死海"游泳

死海身临不下沉，徜徉闭目只觉咸。
汪洋黯然三国绕，未见太平却森严。

（作者自注：2019年出差去约旦，经地平线往下，见"死海"一片汪洋，下海一试"死海"不沉之传说。）

【注释】

死海：在中东地区，海拔-430米，是大陆最低之处，面积约一千平方公里，被称为地球之肚脐。

死海水含盐量为普通海水的8.6倍。因其盐度大，人入海不沉且海中无生物，故称死海。

三国：沿岸有三国，以色列、约旦和巴勒斯坦，以色列在西岸。

【赏析】

此诗为作者出差约旦，途经死海时下水一试后即兴而作。文字浅显明白。二战后中东多次发生战争和内乱，是全球火药桶之一。巴以之间更是互不信任，其时虽大战未起，而小战不止。故只见各方戒备森严而不见和平景象。

此诗表现作者对中东和平的关切。读此诗，和诗一首，期盼中东各方早日化干戈为玉帛，给民众以和平、安宁的生活。

（曹贵喜）

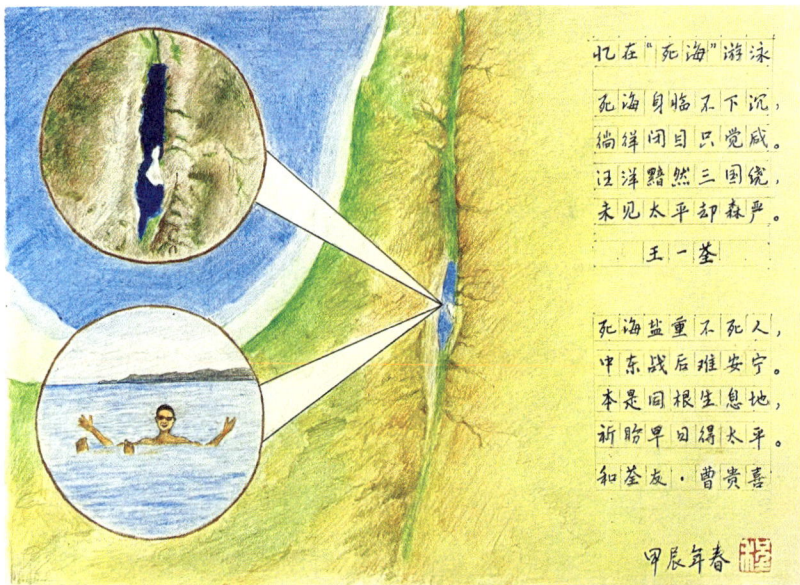

忆在"死海"游泳

死海身临不下沉，
绵绵闭目只觉咸。
汪洋黯然三国绕，
未见太平却森严。

　　王一荃

死海盐重不死人，
中东战后难安宁。
本是同根生息地，
祈盼早日得太平。
和荃友·曹贵喜

甲辰年春

学思

书本似金砖，经年薄纸巾。
古时悬刺股，现代有仁人。
融贯东西日，博学今古醇。
士隔三日见，入化甚有神。

【注释】

悬刺股：悬梁刺股。悬，吊挂；股，大腿。出自《汉书》和《战国策·秦策一》。以孙敬"头悬梁"和苏秦"锥刺股"的故事借指废寝忘食地刻苦学习。

士隔三日：与君分别三日。出自陈寿《三国志·吴志·吕蒙传》，原文讲述吕蒙原是一介武夫，经孙权劝学后，渐有学识。

【赏析】

这首诗应是作者的学习心得。我们读常觉厚重的一本书，消化后就会变薄，浓缩变成一张纸的内容印在脑海里，这需要苦读细思，实属不易。因此便有古人悬梁刺股之传说。

经过多年后若能知晓古今、融会东西，该是多么兴奋，如此才会让人刮目相看。这样的过程怎么可能仅仅三日之短？实为虚词而已。

（陶永祥）

学"剪映"

剪映夫何物，变幻杳氤氲。
神通造化秀，转场图文神。
乐曲屋梁绕，画图美视真。
娴熟火候到，创作炫无垠。

【注释】

剪映：一款视频编辑工具，带有全面的剪辑功能，支持变速，有多样滤镜和美颜的效果，有丰富的曲库资源。

【赏析】

当今聚会常有人做一视频，以飨朋友。2020年10月，为庆祝芜湖汽车发动机厂一大批人员进厂50年，竟有近700人齐刷刷地聚集一起合影留念，令人震撼。

记得作者对我说，为记下这一难忘的聚会，他学习了一个月"剪映"，编辑一视频《铭记》在厂群里与众分享。诚如诗中所述，图美、音乐美。

（王新献）

八十述怀

西行北往走天涯，东奔南闯夜已央。
幼小欢乐累父母，青葱尽力建乡帮。
白驹过隙八十载，米粒半分几许穗。
来老学诗心自悦，丹心一片再凝妆。

【注释】

夜已央：夜已至旦。《诗·小雅·庭燎》："夜如何其？夜未央。"
孔颖达疏："谓夜未至旦。"

白驹过隙：出自《庄子·知北游》，"人生天地之间，若白驹之
过隙，忽然而已。"意指白色的马在缝隙前飞驰而过，转眼就不见
了。形容时间过得极快。作者属马，亦喻指不经意间自己人生过了
八十年。

凝妆：盛装，华丽的装饰。"再凝装"当理解为又一次打扮
华丽。

【赏析】

诗作以简洁的文笔抒写人生八十载的心路历程。时光荏苒，白
驹过隙，少小离家老大回，乡音无改鬓毛衰。感谢双亲养育恩，南
北奔忙报乡情。

杖朝之年，自语岁月夜已央。丹心写诗心未老，诗言志，诗寓
情，心自悦，彩霞映天再凝妆。

（杨镜明）

一壑先生
惠存
壬寅春
程斌

观自驾照片有感

友人传照片，自驾淡然情。
清誉名师傅，容仪观里程。
一身衣锦绣，两眼聚光明。
老骥伏槽久，加鞭快马行。

【赏析】

起句写作者驾车时不知为同车人所拍，且其照片被传给了几位朋友，作者见一友人反传的照片欣慰不已，作此诗以记。

颔联承接，忆及向老师傅学驾驶技术，可见行驶里程应不少。

颈联转写作业身着一件红色T恤衫，精气神十足，两眼聚精会神盯着前方镇定自若的神态。

尾联叙述汽车飞驶，驾驶人颇为得意。

（缪世业）

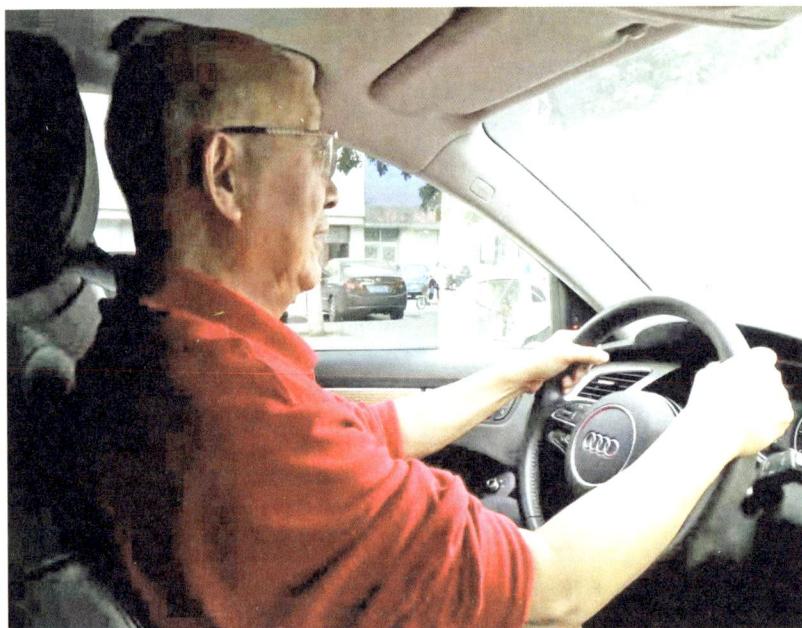

驾照二次"失而复得"

驾证未审忽失效，怜不归闲自驾缘。

皓首炎夏驾校练，苍颜寒冬重挥鞭。

耄耋又忘常规检，十月宽限免愆期。

欣喜若狂关卡过，系统录入翻新篇。

【注释】

耄耋：泛指年纪很大的人。耄，指八九十岁的年纪；耋，指七八十岁的年纪。

愆：错过。

【赏析】

作者驾照因退休后未按时年检而作废，怅然若失；又去驾校学习重获驾证，失而复得，喜悦之情跃然纸上。疫情期间又错过年检（年老之人每年必检一次），驾证自然失效，奈何？谁知老天宽限十个月之久，奇迹般地又生效了，欣喜若狂自在情理之中。

（缪世业）

驾照二次失而复得

驾照未审忽失效，怜不归闲自驾缘。
皓首炎夏驾校练，苍颜寒冬重挥鞭。
耄耋又忘常规检，十日宽限免惩期。
欣喜若狂关卡过，系统录入翻新篇。

王一荃诗 程斌配画

甲辰春

新居两首

其一

抬眼望高架，汽车川水流。

嗡音时近绕，引鼓竟方遒。

【注释】

引鼓：如雷鸣似的鼓声，这里指高架桥上的汽车声。

方遒：指热情奔放，劲头十足。如毛主席《沁园春·长沙》词："书生意气，挥斥方遒。"

【赏析】

城市发展了，迈入现代化了，汽车自然也多了。这有利必有弊，堵车和噪音即是。建高架立交桥是解决交通拥堵的方法之一。

作者居屋可眺望高架桥，眼见之处，可闻其声，虽受噪音干扰，但亦为国家建设蒸蒸日上、奔腾向前而喜悦。

凡事皆有利弊两面，作者以小诗告诉我们如何正确对待。

（曹贵喜）

其二

时坐草坪间，背身傍太阳。

顽童不相识，戏笑绕身忙。

背身：指以背部接受阳光照射。医家认为这样最能使阳光激活人体督脉中的阳气。紫外线更能杀死体内细菌。

不相识：虽在同一小区，但素不往来，故孩子不识是谁家老人。

绕身：孩子在老人身前身后嬉戏追逐奔跑。

【赏析】

此首小诗通俗浅显，但亦有顽童般的活泼可爱。不由得使人想起贺知章诗："儿童相见不相识，笑问客从何处来。"

（曹贵喜）

体检行

例行年体检，心惧四方颠。

繁杂程序异，各种细节连。

时闻嘈杂声，常觉挤并肩。

报告单书见，置之高阁悬。

【赏析】

这首诗是作者对时下盛行的体检所发的议论。

"行"在本诗的题目中，既有"说""评论"的意思，即"关于体检的评说""体检小论"；也有"可以""还行"的意思，即"体检结果表明表达我身体很健康"，或是"不用三番五次没完没了地体检了，我身体还行。"表达充满正能量的乐观主义精神。

诗中含蓄地批评了一些人在每年例行体检时恐惧紧张，"心惧四方颠"（此处的"颠"也可作为"颤""颤抖"解释，形容害怕、紧张），经过那么多繁琐的"细节""程序"，"嘈杂"噪闹，等到报告单出来，却轻蔑地"置之高阁"，晾在那里充耳不闻，视而不见。

（王永祥）

体 检 行

例行年体检，心惧四方颠。
繁杂程序异，各种细节连。
时间嘈杂声，常觉挤并肩。
报告单书见，置之高阁悬。

王一荃诗 程斌配画

"缘聚淝汽·五十年网庆"抒怀

【小序】

五十年风雨沧桑，在那无（自来）水可饮，无（汽车）路可走的艰难岁月，一群年轻人通过艰苦卓绝的奋斗，成为工厂的中坚力量。五十年聚会，时值疫情，只能线上畅叙。有幸相聚其间，耳闻目睹，往事历历，与群言如响。

淝河汽车厂后改制为安凯汽车股份有限公司。

> 筚路蓝缕半百年，如林盛业响喧天。
> 淝汽大展初心志，安凯尽藏神州瑄。
> 夕惕朝乾奋逸响，金戈铁马骁雄先。
> 雄风重振齐声唱，脱颖而出创美篇。

【注释】

筚路蓝缕：拉着柴车，穿着破衣去开辟山林。筚路，柴车；蓝缕，破烂的衣服。《左传·宣公十二年》："筚路蓝缕，以启山林。"

瑄：古代祭天用的大璧。《尔雅·释器》："璧大六寸谓之瑄。"

夕惕朝乾：终日勤奋谨慎，不敢懈怠。《易·乾》："君子终日乾乾，夕惕若厉，无咎。"

金戈铁马：战士手握金光闪烁的戈矛，骑着披挂铁甲的战马与敌人拼杀。《新五代史·李袭吉传》："金戈铁马，蹂践于明时"。

骁雄：勇猛威武。

雄风重振：即重振雄风。意指在一度落后、衰退、沉寂后，重新发达兴旺起来。

脱颖而出：锥尖透出布囊。比喻人的才能全部表现出来。苏轼《与参寥》："吴子野至，出颖沙弥行草书，潇然有尘外意，决知不日脱颖而出，不可复没矣。"

【赏析】

这首七律用对照手法，写了过去的淝汽和二十世纪九十年代后的安凯，展示了"创业难，守业难，更新换代难；初心立，恒心立，重振雄风立"的拼搏精神。

首联起，写五十年前创业艰辛，如今厂房林立，家大业大，规模空前。

颔联承，写淝汽初心不变，安凯珍贵如玉。

颈联转，写全厂谦虚谨慎，不骄不躁，全副武装，准备再战。

尾联合，写合力同心，殷殷期盼再创辉煌。

作者善于运用成语、典故以及用比喻等手法渲染人物活动背景和内心志向，时时有动力，处处显活力，增强了诗歌创作的时代感和可读性。

（宗在模）

筚路蓝缕半百年，
如林盛业响喧天。
湘汽大展初心志，
安凯尽藏神州璀。
夕扬朝乾奋逸响，
金戈铁马骁雄先。
雄风重振齐声唱，
脱颖而出创美篇。

《保聚湘汽·五十年四厂》
补壁 玉堂弟庚子秋月

王堂诗程凤配画
癸卯冬

岁月勾陈
· · · · · · · · · · · · · · ·
一五三

安凯部分老员工于长兴农家乐欢聚

多年未聚心相印，振臂一呼汇长兴。
共赏夕阳星点满，喜望东方太阳升。
歌吟梁绕炊烟袅，笑语云霄满座朋。
井水浇淋沺汽景，袍泽不忘与日增。

【注释】

心相印：以心互相印证。《黄蘖传心法要》："迦叶以来，以心印心；心心不异。"

振臂一呼：挥动手臂，一声号召。李陵《答苏武书》："然陵振臂一呼，创病皆起。"

歌吟梁绕炊烟袅：歌唱停止后，余音还在房梁上回旋。指歌声或音乐优美，耐人回味。《列子·汤问》："既去，而余音绕梁欐，三日不绝。左右以其人弗去。"

满座朋：高贵的朋友坐满了座位，形容宾客很多。王勃《滕王阁序》："十旬休假，胜友如云；千里逢迎，高朋满座。"

泽：本指衣服；今为军人互称，表示患难与共。《诗经·秦风·无衣》："岂曰无衣，与子同袍……岂曰无衣，与子同泽。"孔颖达疏："襗是袍类，故《论语》注云：'亵衣，袍襗也'。"后遂称军队中同事为袍襗。

井水：工厂多年使用井水，水塔上高音喇叭每天早晨、中午、下午播送党的声音及厂内新闻。

此诗写安凯运输处老员工欢聚一堂，共饮、共叙、共忆、共享大家数十年共创安凯丰硕成果的欣慰、幸福和快乐。这是淝汽人的骄傲，可以把此诗和《缘聚淝汽》看成是姊妹篇。

首联起，写员工们闻聚信息即刻汇聚行动。

颔联承，写员工们共赏夜星同盼日升的喜悦。

颈联转，写员工们畅吟过去笑谈当前的劲头。

尾联合，写员工们不忘当初创业的辛苦，鼓劲更向前的信心。

作者注重动词、形容词的恰当运用，注重炼字炼句。重视典故成语的巧妙引用，不忘场面烘托。诗歌充满欢快、热情、向上的正能量，让读者读之、感之自然产生共鸣。

（宗在模）

见何际敏博士发来赛特拉公司
原中国安凯项目组同仁聚会照片有感

安凯何为者，一鸣座四惊。

孤研全承载，掷地有金声。

白眼无经传，讪牙价目瞠。

金城三月柳，常忆赖先生。

【注释】

赛特拉：德国乌尔姆市是多瑙河流域的龙头，爱因斯坦诞生地，赛特拉客车生产基地，坎伯夫为中国项目组负责人。麻雀为该市神兽，教堂为世界最高。

何为："为何"的倒装，为合平仄要求。

座四惊：同样为"惊四座"的倒装，四座指四方，即全国同行。

孤研：在国内率先独自研发。

全承载：用在飞机制造上的工艺结构，又称鸟笼结构。将此结构用于客车上，可大大提高客车稳定性、安全性和舒适性，并降低能耗和噪音，提高车内净空。

白眼：不受人重视。

目瞠：感到震惊的表情。

金城：现甘肃兰州市。

三月柳：用典。指东晋将军桓温带兵经金城，见到自己当年栽下的柳树已合抱成荫，激动地抱树痛哭之事。

赖先生：指当时为中德合作牵线搭桥的赖总经理。

首联起句设问，安凯是什么样的车呢？何以一问世就引起国内同业如此震惊？此问立即吸引了读者眼球，引起了往下读的兴趣。

颔联承接首联，回应首联，因为最新全承载结构，使客车性能有了革命性变革，才如金杯堕地，震惊四座啊。

颈联转市场反应。由于研发投入多，性能提升，市场售价自然比传统车高出许多。在尚未体会到此车优越之处时，客户难免为高报价而惊得瞠目结舌。

尾联：总结全诗。写此诗时，安凯已成功上市二十余年，广受欢迎，量产销售逐年扩大，并成批出口。见此情景，创业者们能不像桓温将军见自己手植柳枝长大成荫一样地激动吗？最后，作者饮水思源，感激当时牵线搭桥的赖先生。

创业不易，持续更难。愿安凯客车不断创新，人见人喜。

（曹贵喜）

春日与原芜湖汽车发动机厂同事一聚

【小序】

　　4月16—17日，原芜湖汽车发动机厂同事由沪乘高铁、由芜湖或马鞍山自驾来合肥一聚，沿滨湖大道观巢湖，游三河古镇，兴致盎然。以记之。

> 春和景明日，庐州喜逢君。
> 道故班荆乐，听雨对床欣。
> 眺望巢湖水，笑侃樟杉闻。
> 离离农舍远，淡淡天边云。

【注释】

　　道故班荆：最早出自左丘明《左传·襄公二十六年》。相传世交伍举和声子途中相遇，用荆条铺地而坐，互叙旧情。此处指氛围宽松，友情真挚。

　　听雨对床：这个诗意的画面，来自白居易写给张司业的诗。好友久未相见，诚邀"能来同宿否，听雨对床眠"。

【赏析】

　　春光和煦，阳光明媚。原芜发厂老同事们兴致盎然，从各地会聚合肥。以"道故班荆"之闲情，"听雨对床"之雅兴，欣喜欢乐，在一起怀旧，忆念当年在芜发厂时的青春岁月。

　　芜湖汽车发动机厂位于芜湖市三里亭，青弋江畔。上世纪七十年代末，一荃先生从外地调回家乡，在该厂技术科、车间工作，喜好交友，人气聚旺。青弋江水绵绵流长，芜发老同事念记心上。四方汇聚情深意浓，久别重逢笑语欢歌。

老同事庐州相会，历游古城新貌。眺望巢湖碧波荡漾，环岸林木苍翠，远处农舍炊烟袅袅，蓝天白云相衬，湖光天色相连，风景这边独好！

一荃先生诗作以春日美景开篇，以水墨画卷收尾，白发染鬓的旧友相见的喜悦之情融于诗中。读佳作欣感春风扑面，品墨香顿觉心旷神怡！

（杨镜明）

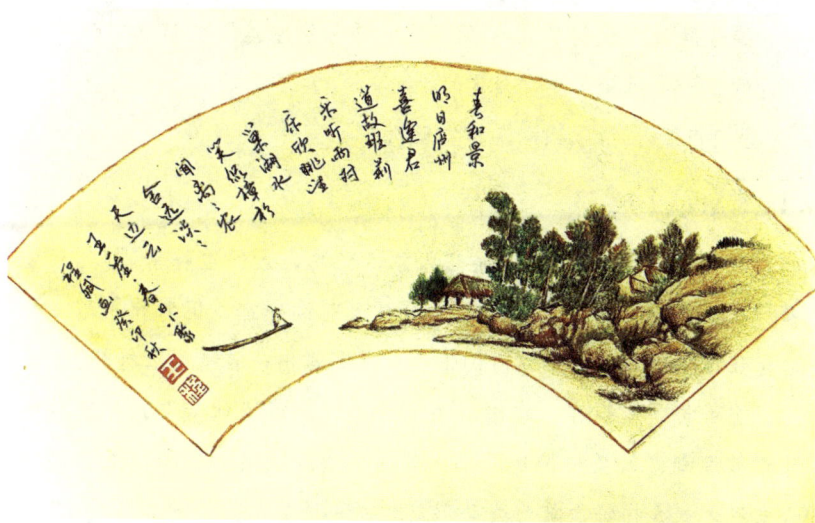

春日旧友小聚

群芳胜日览巢湖，笑语欢歌前后呼。

穿越当年工厂地，应听发动机声鸣。

【注释】

群芳胜日：这里化用朱熹"胜日寻芳泗水滨"的诗句。意为在晴好的日子去风景秀美之处游玩。

当年工厂：指原芜湖汽车发动机厂。

【赏析】

李商隐《晚晴》诗中曰："天意怜幽草，人间重晚晴。"凡年迈者均有些体会。作者在老友聚会后写出前诗一首，但意犹未尽，复忆起往日在芜湖家乡工作时的情景，又另写出一首七绝以抒怀。

前两句是写现在，在晴好的日子里，一群退休老友，前呼后唤地到巢湖湖滨风景地游玩。欢声笑语、前呼后唤的情景，把一群童心未泯之老人描绘得甚为生动形象。

后两句作者抚今思昔，想起当年同志们创业的艰难和付出的努力，如今已物非人异。但如陆游之《秋晚登城北楼》诗中"梦魂犹绕古梁州"一样，穿越到原工地，仿佛还能听到当年的机器轰鸣声。

短短四句诗不仅写出一群昔年老友重聚时的欢欣，还表达了对当时在一起工作之情景的念念不忘之情。

（曹贵喜）

群芳胜日览巢湖
笑语欢歌前后呼
穿越当年工厂地
应听发动机声鸣

《书旧友小聚》
王一荃诗程斌
配画癸卯秋
王程

五律·缅怀许金和先生

创业遇危艰，历来勇者先。
谆谆教诲语，句句记心田。
老树欲弥久，岁月舞蹁跹。
儒雅多怀缅，怅望晚霞天。

【注释】

许金和先生（1940—2014）：安徽枞阳人，曾任安徽省机械工业厅厅长多年，为人儒雅诚恳，对下属企业多有温馨指导和关怀。

【赏析】

这是一首追忆老领导的表达感恩之情的诗，全诗饱含了感激之情。

首联两句铿锵有力，揭示了人生哲理。这是化用许金和厅长"谁言创业不危艰，古往今来勇者先"的诗句（为安凯公司上市的赠诗），也反映了作者铭记领导的指导和关怀。

由此引出颔联"谆谆教诲语，句句记心田"，来追忆领导给予的支持和关怀，情深意切，生动感人。

颈联进一步忆领导的大气磅礴。

尾联两句寄托了作者的无限哀思。

（文虎）

浣溪沙·赞王立声先生

商场纵横几度流，
练达无君匹其俦。
明察一切观春秋。

工贸两头飞比翼，
纵横交错竞争奇。
临机应变现嘉猷。

【注释】

王立声：原安徽汽车工贸集团有限责任公司总经理。

几度：几次，多少次。几度流，表示经历了多少风雨和挫折。

练达：指阅历多而通达人情世故。

俦：同辈。匹其俦，即同辈谁配得上，比得上。

猷：计划，谋略。

【赏析】

在一荃众多诗词中这是难得的一首词，字里行间表露出对王立声先生无限崇敬之情。

王立声先生曾任原安徽汽车工贸集团有限责任公司总经理，他深谋远虑、励精图治、运筹帷幄，毕其一生为安徽汽车工业发展作出重大的贡献。

词的上阕三句，写了王立声先生商场纵横的胆略和高贵的人品，在同辈中无人可与其相比。并用"几度流，匹其俦，观春秋"来赞赏王立声先生虽经历了很多风雨和挫折，但始终保持勇往直前的精神，这种旷达乐观的品质谁能与其相比、相配啊。

　　下阕三句写王立声先生对瞬息万变的市场有着敏锐的观察能力和在艰难多变的商战中善于谋划、勇于奋斗的伟大精神。他虽然身兼安徽汽车工业和汽车贸易两副担子，但是他善于抓住市场瞬间变化，使得汽车工业和汽车贸易两项事业取得同步发展。"临机应变现嘉猷"表达了作者对王立声先生的高度评价和赞誉。

　　作者填词格律严谨，对仗工整。

（文虎）

去老年公寓看望张正先生

朝临公寓处，领导床头愁。
却顾当年谊，争相望上游。
励精图治事，尽力为国酬。
不舍归来后，心中淡淡忧。

【注释】

朝临：早上前往。唐诗人高适有"朝临孟诸上，忽见芒砀间"之句。

争相望上游：这里指的是共同力争上游。

励精图治：努力振奋精神，千方百计干好事业。

国酬：一心一意为国家艰辛付出与奉献。

【赏析】

这是一首以怀旧为主题的五言律诗，深切怀念曾经在一起工作的老同事。

张正先生曾先后担任芜湖发动机厂、合肥淝河汽车制造厂党委书记，与作者在两企业共同工作十余年。

首联两句起、承，道出张正先生老了以后住在公寓里的处境。早上去看望他，看到他坐在床前，流露出一种忧愁的状态，心里不是滋味。

中间两联，进一步回想当年彼此共同工作时深厚的友谊。那时豪情满怀，励精图治。

　　尾联首句转，表达依依不舍的离别之情；末句合，与前相呼应，抒发自己的感受，心中禁不住流露出淡淡的忧愁。

　　该诗第三句和第四句、第五句和第六句对仗工整。

（文虎）

图为新铸造车间落成，张正书记为冲天炉点火（左）

赞乌尔姆·忆坎伯夫先生

科学巨匠何处寻，乌城教堂直插云。
麻雀鸣嗓市镇晓，客车领先全球闻。
老坎严谨亲历为，细节狠抓躬从勤。
融会贯通严工艺，企业整改细耕耘。

（作者自注：德国乌尔姆是多瑙河流域的龙头，爱因斯坦诞生地，赛特拉客车生产基地，坎伯夫为中国项目组负责人。麻雀被当地人称为"市神兽"，教堂为世界最高。）

【注释】

科学巨匠：作者对德国专家坎伯夫的敬称。

【赏析】

首联仿杜甫诗句"丞相祠堂何处寻，锦官城外柏森森"开篇，对坎伯夫先生对技术合作的贡献作出了高度评价，深寓敬重之意，增强了全诗的气势。

颔联以爱因斯坦故乡及麻雀之都为铺垫，赞扬合作方生产的大客车质量高，享誉全球。

后两联描述坎伯夫先生来厂指导工作时的工作作风和热情，事必躬亲，率先示范，严格要求，对每个生产环节都一丝不苟，对达不到品质要求之处严格整改，务求完美。

此诗从一个小局部反映了改革开放所带来中德关系的改善、友谊的加深，也反映了德方人员工作的严谨和双方良好的合作精神。愿中德双方能长期友好，取长补短，为世界和平、发展作出新的贡献。

（曹贵喜）

厦门辞别

海风习习酒桌凉，席满佳肴劝我尝。
鹭岛同仁来相送，饯别至晚累多觞。
蒸蒸日上十余载，赫赫而出流水长。
举目遥瞧天上月，星辰闪烁满天光。

【注释】

习习：指微风柔和不断地吹拂。

鹭岛：指厦门，临海城市。

觞：古代酒器。如《兰亭集序》中之"曲水流觞"。

【赏析】

作者一同事好友，在厦门创业，事业方兴。作者退休时，犹身心俱壮，遂携妻去厦门做些力所能及之事，此一去竟达十五年之久，后年迈思乡，遂回皖。

此诗描述辞别厦门时，友人置酒送行之状。前两联指主人所置宴席之丰盛。海风习习吹拂，席间众友敬酒相送，依依不舍，直到夜晚。

后两联指相处十余年来其友蒸蒸日上，盼其长盛不衰。觥筹交错，不知不觉间已月上中天了。

诗句通俗易懂，但主客双方之深情厚谊却表达无遗，似乎能让人感觉到汪伦送李白之情意。

（曹贵喜）

夏夜窗前广场儿童戏耍

小子嬉游夜有神，谁知酷暑乱穿行。

叹息往日无此景，只闻纳凉扇子声。

【赏析】

这是一首对比我们和现代儿童晚间生活的小诗。记得童年大多住里弄里平房，单门独户，有的地方仅有路灯照明。夏季人们大都在外坐竹床纳凉，用蒲扇扇风驱蚊。孩童嬉闹都在白天。

孩子都活泼，好动。我们幼时玩闹都在白天，晚上大都早早睡觉，节电或节（煤）油。大人们在外乘凉聊天，用蒲扇取凉和驱蚊。邻里间关系融洽。现今人们大都住小区高楼，子女少，相互很少往来。但小区内大都有广场，就成了孩子们晚间嬉闹的场所。时代在前进，孩子们的生活也发生了很大的变化，羡慕之情溢于言表。

（曹贵喜）

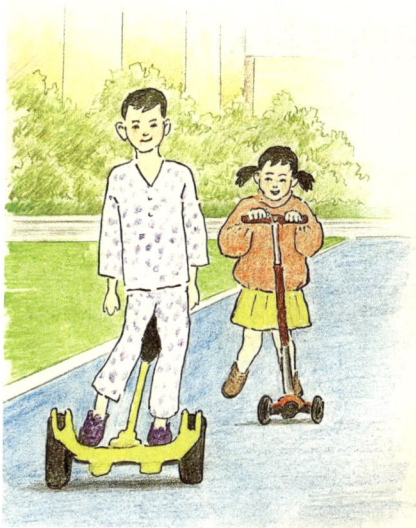

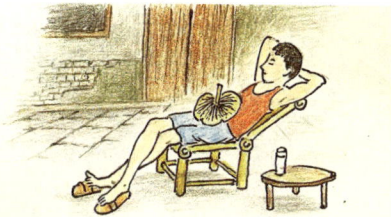

夏夜窗前广场儿童戏耍

小子嬉游在有神，
谁知酷暑乱穿行。
叹息往日无此景，
只闻纳凉扇子声。

王一荃

癸卯夏日

与邻里郭老两口聊天

徒羡孩童闹，老天不宥人。

人形难辨认，话语笑失真。

略差食眠易，还陪拐棍亲。

仙芽及啜酒，不忘马虎循。

【注释】

仙芽：指茶叶，也隐喻长寿。这里有双关意。民国时诗人胡怀琛诗《春日寄家兄闽中》："仙芽问武夷"。

【赏析】

作者邻居三代同堂，其乐融融。二老逾九旬，此诗记和二老一起闲聊之情状。

首联，见少年们嬉笑打闹，自身已年迈体弱，只能阳光下闲坐聊天。诗中虽言徒羡之，实也含有自得之意。

颔联，承接起句，反观自己人老了，视力听力下降，辨不清都是谁家的孩子了。连自己说话也口齿不利索了。虽离九旬尚远，已呈此状了。

颈联，写年老了，许多食物吃不动了，只能少吃多餐。睡觉也少了，不太容易入睡和睡沉了。一行走即拐杖随身，形影不离，比亲人还亲。

尾联，虽年老还保留着喜饮茶和喝小酒的习惯。专家认为少量饮点酒，喝淡茶，有益于老年人的身心健康。

全诗描写了三位老人闲坐聊天的情景，真实感人，也反映了新时代这些老人晚年的幸福生活。

（曹贵喜）

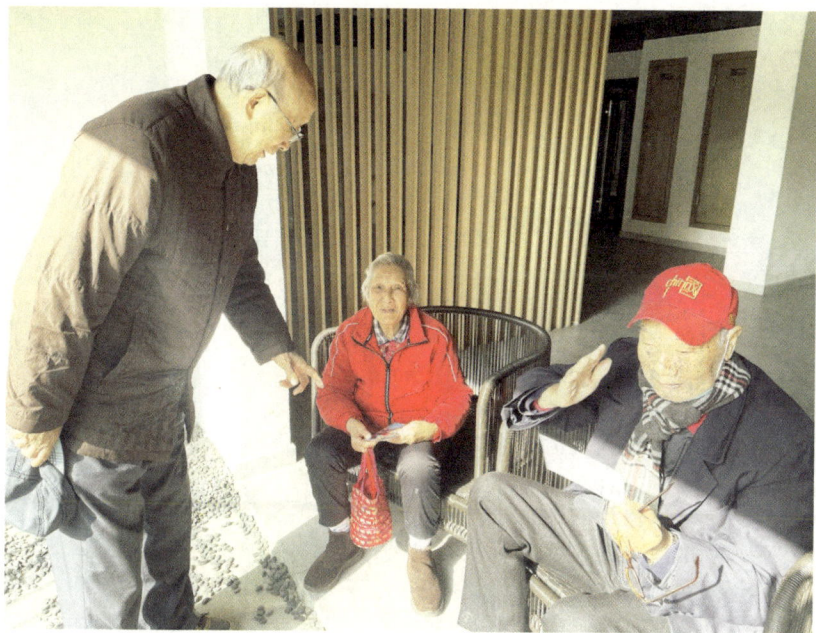

邻里九旬翁媪

金风吹叶落，翁媪手扶肩。

幸伴人生老，相逢前世缘。

烟云多少载，风雨度余年。

声细呢喃语，耳聋心宇贤。

【注释】

作者邻居三代同堂，父慈子孝，其乐融融。两位老人年近九旬，虽体质下降，然尚能自理。作者常见二老拄杖坐在小区内阳光下聊天，窃窃细语，宛若年轻情侣。此诗即是感此情景而发。

【赏析】

秋风习习，一对九旬老夫妇，相携而行，坐在阳光下，细语聊天。此景怎不令人心生羡慕之情。

相伴逾六十载，天知道要经过多少坎坷，多少磨炼。晚年能这样相伴相随，这是何等的福分、何等的缘分。

诗句明白易懂，然此情此景又是何等令人难忘。喜结良缘时，人皆祝百年好合，白头到老。但又有几对夫妻能修到如此的福分、如此的缘分呢？但愿世人皆如此，相亲相爱到白头。

（曹贵喜）

邻里九旬翁媪

金风吹叶落，
翁姬手扶肩。
幸伴人生老，
相逢前世缘。
烟云多少载，
风雨度余年。
声细呢喃语，
耳聋心宇贤。
王一荃

癸卯冬

甘草子·亚运即景

亚运。
彩旗招展，
中秋国庆近。
金桂飘香闻，
人间天堂甚。

屏幕遥观各区讯，
想他们、群情振奋。
应料诸多新手震，
漫道花似锦。

【注释】

甘草子：词牌名。正宫，双调，四十七字。上片五句，三仄韵；下片四句，四仄韵。

亚运：杭州第19届亚运会，2023年9月23日开幕，10月8日晚闭幕。历时16天，中遇国庆、中秋双节。

人间天堂：民谚"上有天堂，下有苏杭"。奥敦周卿《蟾宫曲·咏西湖》："……真乃上有天堂，下有苏杭。"

漫道：莫说，不要说。陆游《步至湖上寓小舟还舍》诗之五："漫道贫非病，谁知懒是真。"

【赏析】

　　这首小令写杭州第19届亚运会历时半个月的空前盛况。

　　上片五句，写亚运会召开时间。恰逢国庆中秋期间，红旗彩旗满城，桂香人忙浙杭。

　　下片四句，写诗人观看比赛的实况和心情。各大赛区亚洲各国运动健儿奋力拼搏；现场观众于看台欣赏鼓劲；场外群聚屏幕前喝彩鼓掌。当中国男女健儿一天天一次次登台领奖，国旗升起，国歌响起，奖杯鲜花举起时，杭城欢呼！中国欢呼！为中国健儿荣获201枚金牌、111枚银牌、71枚铜牌，计383枚奖牌，创历史之最欢呼！

　　诗人抓住天时地利人和，通过炼字，尤其应词令所需的运、展、近、甚、讯、奋、震、锦、想、料、道等仄声词的运用，烘托了氛围，展示了忙碌、紧张、激烈、热情、喜悦的动人景象。

（宗在模）

回家乡芜湖

最忆长街石板路，山头水畔塔成双。
如今只见丘呈小，不忘优游青弋江。

【赏析】

　　拥有十里长街石板路的、青弋江与长江交汇处的临江塔为芜湖胜景。

　　石板道斑驳温婉寄乡愁，江岸塔古老望远盼游子。风景待人欣赏，思念系结挂牵。

　　回来吧！回来吧！

　　归乡心切。我，回家啦！

（杨镜明）

回家乡芜湖

最忆长街石板路，
山头水畔塔成双。
如今只见丘星小，
不忘忧游青弋江。
　　王一荃

芜湖古城

十里长街弋江旁，
中凹石板路深长。
街边店铺八方货，
水上舟船载食粮。
　　曹贵喜

2024年2月

同学

同出一校门，各自乱扑腾。
时遇多歧口，常逢有降升。
鲜飞上九霄，多在干基层。
试想百年后，晴空霞蔚蒸。

【赏析】

二十世纪六十年代的大学生，心怀壮志，要健康地为祖国工作五十年（时任高教部部长蒋南翔语）。然而境遇各异，年迈之后重逢自唏嘘不已。

作者用"各自乱扑腾"一句，巧妙地避过了不堪言的历史时期，抚慰了失意者的心灵。

后数句皆为豁达宽慰之语，如古人言：谋事在人，成事在天。暗合王安石《浪淘沙令·伊吕两衰翁》之意。

结尾两句作者借用杨慎词"是非成败转头空，青山依旧在，几度夕阳红"之意，希望彼此都能正确对待人生，平心静气安度晚年。

诗句用语浅显清新，然用心待友，情深意重。

（曹贵喜）

同学数人乘货车去孟源，徒步折回爬华山

同　学

同出一校门，各自乱扑腾。
肘遇多歧口，常逢有降升。
鲜飞上九霄，多在干基层。
试想百年后，晴空霞蔚蒸。

王一荃诗　程斌配画

赠友曹贵喜

人生喜遇一知己，益友良师若淘金。
自幼同行一中路，但凡气馁见倾忱。
目濡刻苦读书志，耳闻高瞻党旗寻。
榜样雄姿萦脑际，音闻指点到如今。

（作者自注：与曹贵喜初中同学三年，其为班级团支部书记，我的入团介绍人。两家邻近，常结伴上学。）

【注释】

知己：彼此相互了解，相互帮助的好友。春秋时期的琴师俞伯牙与樵夫钟子期之间高山流水遇知音的故事，家喻户晓。

同样还有，管仲和鲍叔牙两人共同辅佐齐桓公，使齐国成为春秋时期的第一位霸主。管仲曾贫困潦倒，但鲍叔牙始终善待他，不因小事而怨恨。

【赏析】

作者与其入团介绍人曹贵喜两家邻近，结伴上学，友谊日增。见友刻苦学习，品学兼优，近朱者赤，作者亦受其鼓舞影响，犹如沙尘淘金，人生得一知己足矣。

（缪世业）

卅年后应约与汪继威先生重逢

我爱老顽童，闻名杏坛丛。

鹏城意尝胆，鸠兹去朦胧。

朋友贤且众，桃李艳又雄。

潜心飞白凤，华夏响天穹。

（作者自注：汪继威校长网名老顽童）

【注释】

白凤：晋代葛洪所著《西京杂记》卷二记载："雄著《太玄经》，梦吐白凤凰，集《玄》之上，顷而灭。"指其人才华如得天之助。

继威聪慧好学，虽不见其比他人勤奋，然各科成绩均名列前茅，甚受师长喜爱，其自取网名老顽童恰如其分。

继威时任母校一中校长，其生性倜傥，辞职去深圳特区闯荡，成就了另一番精彩人生。卅年后回芜，为其接风者众，作者也从合肥前往，交流中方知继威卅年来在深圳创业之艰之壮，故写此诗以记之。

我与作者和继威均就读家乡芜湖百年名校第一中学，有幸分别与二人同班数年，读此诗倍感亲切。

杏坛：指当年孔子聚徒授业之地，今代指教育界。

【赏析】

老顽童系继威网名，也暗喻继威生性洒脱，和金庸书中人物周伯通自创双手互搏武功一样，具开拓创新精神。起句"我爱老顽童"，让人眼睛一亮。

继威在深圳曾任三所名校校长，成就斐然，曾培养出数名世界冠军，中央电视台播出过对其的专访，上海教育出版社出版过他的专著。首联第二句"闻名杏坛丛"，实至名归。

颔联两句，意指去深圳闯荡，人生地疏，放弃驾轻就熟的工作去拓新路，心中是多少有些忐忑的。但仍以壮士断腕之决心，卧薪尝胆之坚忍，毅然就道。鹏城既指深圳，也有望其友鹏程万里之意。

尾联借用"白凤"典故。

总观全诗，既有对其友的赞佩，亦勉励年轻人要具有勇于创新、敢为人先的开拓精神。

（曹贵喜）

读汪继威先生新著有感

顽童悦老怜肝胆，直下鹏城百事来。
风起云蒸长翅膀，天惊石破登央台。
脚踏实地仙桃满，仰望天空一鉴开。
各地豪杰齐助力，做人处事树成材。

（作者自注：汪校长网名老顽童）

【注释】

仙桃：取桃李满天下之意，指学生。

【赏析】

此诗借用唐诗格律，叙今日之事。用语清新朴实，流畅自然。
有香山先生遗风，可读与老妪听。

格律规范严谨，材均属平水韵十灰部。颔联、颈联对仗工整。

以通俗自然之语句，直抒胸臆，不失为一种符合现今人们要求
的佳作。

（曹贵喜）

做人做事做教育

——我在深圳三十年

汪继威◎著

颂童悦无垠肝胆直下鹏城百事来

风起云舒一展翅膀天惊石破登央台

脚踏实地仙桃满仰汪天空一鉴开

多地真采杰列助力做人采梦树成林

读汪继伟校长新著有感

程斌配画癸卯冬

王一崖

念奴娇·汪继威先生四十年励学育才

大鹏展翅，
去鸠兹、群友陶塘杯酒。
路口迷茫，
关键处、心乱不知所愁。
鸟语花香，
张家山上，
吟唱朝阳守。
怜生如子，
凤凰景星迭偶。

回眸励学当年，
梦乡频萦绕，
鸿图天佑。
转战飞南，
人地僻、却遇英杰师友。
学府三易，
初心多不忘，
事常除旧。
出新惊现，
胜一中威名吼。

（作者自注：汪继威校长先后在芜湖、深圳几所中学任校长三十多年，领导教育教学，为国家培养大批青年才俊。）

【注释】

鸠兹：芜湖市古地名，现芜湖复建了鸠兹古镇。

陶塘：现名镜湖。芜湖市中心之景点，南宋状元张孝祥罢官后隐居芜湖，捐地二百建成东西两湖，沿岸遍植垂柳。建屋湖旁，名归来堂。因慕五柳先生，故命名陶塘。

张家山：1954年芜湖一中新建校址。

凤凰景星：传说太平之世才能见到景星和凤凰，后用以比喻美好的事物或杰出的人才。其中，"景星"指的是明亮的星星，"凤凰"是传说中的神鸟，象征着吉祥和美好。

【赏析】

上阕首句指继威南下去深圳，离开芜湖，愿他能一展才华，如大鹏展翅，不负今日群友置酒相送之情。

第二句：写继威离开故乡、母校，并辞去自己热爱的校长之职，不啻又一次走到人生十字路口，心中自有感慨志忑，怎一个愁字了得。

第三句：作者回忆少年为同学时在张家山上，迎着朝阳读书、嬉戏的欢乐时光。

第四句：写继威任教和任校长期间爱生如子，惜才如命，使老一中名校英才迭出。

上阕末句指当年学子现已成才，往事只能梦中寻。愿继威去深圳能得天佑，一展宏图。

下阕写继威在深圳，虽人地生疏，然生性豪爽，善交游，结识了若干良师益友。

第三句写继威在深圳转任三校校长，都能因校制宜，别开生面，创立一番佳业。

全词末句赞美继威创业有成，连创佳绩，既出专著，又受央视专访。成就尤胜当年，使作者生出敬佩之情。

（曹贵喜）

读友人窦志《人生小记》有感

圣人著作名《春秋》，春日种来秋日收。
孟夏耕耘值晌午，满身汗水如雨流。
人生几处艰难路，进退得失欲复求。
生若蜉蝣坚韧过，遑求老迈上白头。

【注释】

圣人：德高望重、有大智、已达到人类最高最完美境界的人，这里专指孔子。

孟夏：初夏，指农历四月。农历一年四季中的每个季节都有"孟""仲""季"的排列。农历夏季的三个月即四、五、六月，分别称为"孟夏""仲夏""季夏"

蜉蝣：稚虫水生，成虫前要在水里活一至三年，成虫不取食，成虫后的寿命很短，仅一天而已，但它在这短短的生命中，绽放了最绚烂的光彩。

遑：空闲，闲暇。

【赏析】

这首七律诗，是作者的感悟之作，诗中由衷地表达了对友人的崇敬，也表露对人生际遇的一种看法。

友人窦志先生，原安徽汽车工贸集团公司监察室主任，省纪委曾商调他到纪委工作，后公司挽留，他放弃了好机遇；后安徽汽车工贸集团公司破产，他自寻出路，投入一个陌生的拍卖行业，卓有成效。

窦志先生的《人生小记》如实纪录了他大半生的经历，其中也记载了安徽省汽车工贸集团公司的演变过程。

诗的首联用孔子作《春秋》开端，后笔锋一转，插入农事，写春耕秋收。

颔联用"孟夏耕耘值晌午，满身汗水如雨流"来形容农事的艰辛。看似是写农事，其实是写人生的艰苦曲折。

颈联用"艰难路""进退得失"来感叹人的一生中会遇到各种挫折和艰辛。在进退得失中，会不断有新的追求。

尾联用蜉蝣来诠释短暂的人生。人的一生像蜉蝣一样短暂，但也一定绽放了最绚烂的光彩，即使到了年迈白头也要不断有追求。

这首七律诗格律平仄严格，句内平仄搭配，联内平仄相对，联间平仄相粘。

（文虎）

人生小记

窦志 著

菖蒲集

一九六

贺纪保祥先生八十寿诞

沧桑伞寿多虚幻，辣苦卿尝事命悭。
水木清华书意气，滩涂海角万担闲。
重型九域开篇绘，笑看吾翁过者艰。
四友相逢觞举酌，如今辗尔焕慈颜。

【注释】

伞寿：指八十岁。

命悭：古意指命薄，如古人有"前生运蹇，以致今生分缘浅，
今世命悭"之句。此处指纪董创业工作之路历经坎坷而终至有成。

重型：重型载货汽车。

滩涂海角：1968年10月至1970年初干部下基层劳动锻炼。纪董
在广东台山县广海挖沙造田。

辗（chǎn）：笑的样子，常指纯真无邪的笑容。

【赏析】

全诗以怀旧起篇，首句忆昔曾在南海边劳动锻炼，年轻力壮，
意气风发。而今垂垂老矣，时光真如白驹过隙耳。纪董虽历经坎坷，
然以其学识和努力终至事业有成。在纪董八十高寿之际，老友相聚，
举杯庆贺，心中岂能不五味杂陈，感慨万千。看到老友都健康高寿，
生活幸福，心生喜乐。

（曹贵喜）

去宜兴看望友人

其一

纪君返乡里，宜兴天下名。

门前无五柳，陋室笑谈迎。

其二

高铁一长鸣，愁思纪董萦。

诗豪梦得仰，斗室箪食名。

（作者自注：纪保祥先生定居老家宜兴，居室简陋。）

【注释】

宜兴：属江苏无锡市，太湖之滨，隔湖是苏州。不仅是景色秀丽的鱼米之乡，亦是人才荟萃的风水宝地。建国后就出了三十位院士，一百多位大学校长。真正是物华天宝，人杰地灵之地。

五柳：指不为五斗米折腰而归隐田园的陶渊明，陶居宅旁植有五株柳树，故自号"五柳先生"。

陋室：唐刘禹锡所著的散文《陋室铭》。虽仅有八十一个字，然志趣高远，文词优美，历代广为传诵。

【赏析】

此诗写纪保祥先生退休，回归故乡宜兴，平静安详地过晚年生活的情景。纪董生活虽无陶令之窘迫，然企退人员养老金并不高，生活并非无忧。纪董坦然面对，无欲无求，效陶令居陋室而悠然。

见客来而欣喜相迎，如杜甫"蓬门今始为君开"般的热情。

诗句简洁明快，赞美纪董的晚年生活，也表达两人的深厚友情。

（曹贵喜）

忆纪老笑口常开

纪董相携灵山来，虔诚共拜大佛台。
身边放下忧烦事，弥勒从来笑口开。

作者自注：纪保祥，清华大学毕业，在海南军垦农场挑沙围海造田一年半。中国重型汽车集团（辖山东、陕西、四川三省诸市重型汽车及零部件公司）初创时，纪董受命，为人谦和，励精图治。我厂属重型汽车行业，多受纪董指导关心。

【注释】

灵山：无锡著名景点。1994年建释迦牟尼佛金身立像，高八十八米，由曾担任中国佛教协会会长的赵朴初先生审定，以解决中国无大佛之憾。1997年正式建成开光。

【赏析】

作者拜访纪董，二人相携同游无锡灵山，瞻仰大佛金身大像。并虔诚祈愿、望大佛佑中华国泰民安，民生幸福。

作者回忆纪董当时的音容笑貌，慈祥和蔼，纯真自然，甚似弥勒佛一般。不禁联想到芜湖广济寺弥勒佛前的一副楹联：

大肚能容，容天下能容之事。

开颜一笑，笑世间可笑之人。

纪董是人非佛，然其雅量也足以令人敬佩。

（曹贵喜）

王一崖诗程默配画

癸卯年冬 [印]

电影放映机

礼堂放映破天荒，周末购票排队长。

电影时传声喝彩，谁知背后有人忙。

（作者自注：工厂购置放映机，节假日于礼堂放电影。）

【赏析】

　　遥想当年，看电影可是件令人兴奋的喜庆事，放映前电影院已站满了人等着进场，离场的人流中，人们还在津津乐道电影中的人和事。

　　工厂离市区远，职工及家属人多，工厂购置电影放映机，每周末都有两场电影播放，放映员全神贯注地放映，让影片顺畅不卡顿。大人喜笑颜开，小孩欢呼雀跃，令人至今难忘。

（缪世业）

2021. 9. 8.

省老年大学

远眺庠序一园苑，入堂五彩斑斓花。

琴棋字画皆奇妙，弹唱吹拉响嚷哗。

舞蹈太极多韵致，诗词歌赋气芳华。

焕颜古树新枝绽，老儒珠林露幼芽。

【注释】

庠序：学校。殷代称序，周代称庠。

【赏析】

此诗大致分三部分。

首联：远眺老年大学，似一雅静之公园，使人一进入就有心静神逸之感。赞其环境之幽静，建筑之美观。

中两联：描述校内老年人的各种学习休闲活动，如体育健身，花鸟虫鱼，诗书字画，咏唱舞蹈……真成了一座老年人的大观园。不仅体现了这些老年人幸福的晚年生活，也侧面反映了党和政府对老年人生活的关怀。

尾联作小结，在这里他们如同梅开二度，老树发新芽。垂暮之人重又青春焕发。他们一生努力所创造的社会，又给了他们丰厚的回报。

全诗是一首对现代社会尊老的颂歌。

我省老年大学环境优美，师资力量雄厚，学科多样。读诗后，感同身受。我在老年大学再学习受益颇丰，曾作词一首以记之：

《摊破浣溪沙·人生新境》

车到驿边马卸鞍，

退休闲赋养天年。

功过是非随风去，

心自安。

入学从师忙充电，

周游结伴不思还。

诗书花鸟开心事，

赛神仙。

（陈斌）

诗友酬答

贺春节之一

耳闻鞭炮欢声响，兔跑瞬时换驾龙。
眼见风光无限好，芳邻尊舍叟童恭。

甲辰年正月初一贺年

和荃友诗

兔去龙来又见春，千家万户齐欢腾。
夜天花雨多姿注，白日龙狮众人称。

——曹贵喜

贺春节之一

耳闻鞭炮欢声响，
兔跑瞬时换驾龙。
眼见风光好
芳邻尊舍无限童恭。

王一荃

贺春节之二

雪片迷漫忽万垠，无声地籁却传神。
影屏闪烁声情茂，捷报频传贺新春。

甲辰年正月初二贺年

和荃友诗

新年爆竹声声响，万户千家喜向春。
世界纷纷战乱起，山河面貌九州新。

——曹贵喜

【赏析】

　　此两组诗是我和作者两位老友之间的应和之作。我们俱是理工男，不是文化中人，又都长期在大型企业工作，只是喜爱古诗词，退休后自娱而已，其作品很是浅陋，不入方家法眼。

　　组诗写民间过春节的盛况。过年气氛不同寻常，今年尤甚，舞龙摆狮，踩高跷，划旱船……民间习俗尽出，热闹非凡。

（曹贵喜）

贺春节之二

雪片迷漫忽万银，
无声地籁却传神。
影屏闪烁声情茂，
捷报频传贺新春。

王一基诗

甲辰春

写诗构思

窗前有时暗无光，灯下笔耕亦渺茫。
有感突发落笔处，天开妙语抑糟糠。

【赏析】

这是我与作者两人互叙初习写诗的心境。受近体诗格律约束，有诗意却找不到表达其意境之好词，有很好词句又和自己原意不合，谓之以词伤意。

作者抒发了写作正踟蹰无计间，忽脑中闪出可表意之佳句的喜悦之情。表露了初习作诗者的共有之情。前两句借景抒情，写苦于无处下笔之情；第三句笔锋一转，突发灵感。第四句写诗歌用语当去粗取精。

读作者诗后，我回诗《习作写诗》一首：

诗抒胸中志，直面世上情。

兄观诸盛事，下笔定峥嵘。

与作者交流，不必以词伤意，面对现实，直抒胸臆。既歌颂新时代之美好，也针砭某些丑陋和不足。能合格律最好，纵有不合则退而求其次，能流畅达意亦可。

（曹贵喜）

写诗构思

窗前有时暗无光，
灯下笔耕亦渺茫。
有感突发落笔处，
天开妙语抑糟糠。

王一羞诗程威
配画甲辰春

赠良师益友贵喜

陶塘半亩风吹柳，摇曳生姿让客留。
知己难求师仰拜，同江饮水记心头。

【注释】

陶塘：芜湖市区景点，二十世纪九十年代改称"镜湖"。

【赏析】

我与作者共事多年，多次听闻曹贵喜其名，言必称其为良师益友。

首二句即忆起当年沿塘畔柳荫下上学之路，尽管沿塘垂柳依依，也留不住曹远走武汉。

人生得一知己足矣，亦师亦友更难得，友人已远居江城武汉，只能在江城芜湖同饮长江水，饮水思人，情浓于水。

（王新献）

获明信片述怀

扶摇鹏展志，近又珠峰游。
寥廓云霄境，功能心肺优。
圣地绒布寺，打卡友人邮。
信片值千两，迟迟愧对酬。

【注释】

鹏：庄子《逍遥游》记载："北冥有鱼，其名为鲲。……化而为鸟，其名为鹏。……怒而飞，其翼若垂天之云。"

绒布寺：西藏圣地，位于西藏日喀则地区，海拔约5100米，是世界海拔最高的寺庙，景致绝佳，又是世界唯一一座僧尼混修之寺庙。

【赏析】

首联：起句赞友人素有大志，敢为人先，有创新精神。引用了庄子《逍遥游》中鲲鹏展翅，扶摇直上三千里之境，为其下自驾游西藏的壮举作铺垫，自然引出下句。

颔联赞圣地之美，空气清新，含氧高，景致壮观，寺庙庄严。到此一游不仅沁人心脾，使人神清气爽，更能使人荡涤胸中烦恼，减轻人生焦虑。

颈联介绍其游处圣地绒布寺，此时此地想起挚友，也表达未能同游之遗憾。

尾联则是作者对友人的深情感激与回应。古语云："千里寄鹅毛，礼轻情意重。"

　　全诗表达双方友谊之深厚，及作者对友人的赞佩之情。迟迟者非作者之迟应，乃是邮件在途传送一月有余之故。

（陶永祥）

读友镜明《河庄木行百年史话》有感

镜明著作寸心知，但愿文章渐显称。
商圣古贤陶朱公，舍得聚散大心胸。
吾兄先祖遵其道，数代经商厚为宗。
奔走呼号终遂愿，家园踪影让人恭。

【注　释】

陶朱公：范蠡，后成为"首富"，名副其实的锡商，慎终如始。

【赏　析】

读诗后不禁去翻看杨镜明编著的《河庄木行百年史话》，书中记载了其先辈为一代锡商、后代相继发扬光大为国家建设功绩卓著、世代祖居险遭湮没而后修复且被公布为文保单位这一段百年史话。

正如杜甫诗云，"文章千古事，得失寸心知。"镜明在书写这百年沧桑时想必是百感交集的，保护古建筑就是敬畏历史，镜明兄弟奔走呼号，个中艰辛不言而喻。遗泽后代的伟业，功不可没。本诗首联第一句起，点明著作蕴含杨镜明先生的一片苦心。第二句为承，愿文章为当地政府重视。

颔联、颈联进一步赞美历代锡商经营之道及韬略。

尾联首句笔锋一转，镜明兄弟奔走呼号，终于了却心愿，保留了河庄木行。末句合，保护一座古建筑，意味着适当地保护一个环境。我不由想起《村居》古诗，"草长莺飞二月天，拂堤杨柳醉春烟。儿童散学归来早，忙趁东风放纸鸢。"镜明一定还记得在这江南水乡的少年时光景吧。

（陆小云）

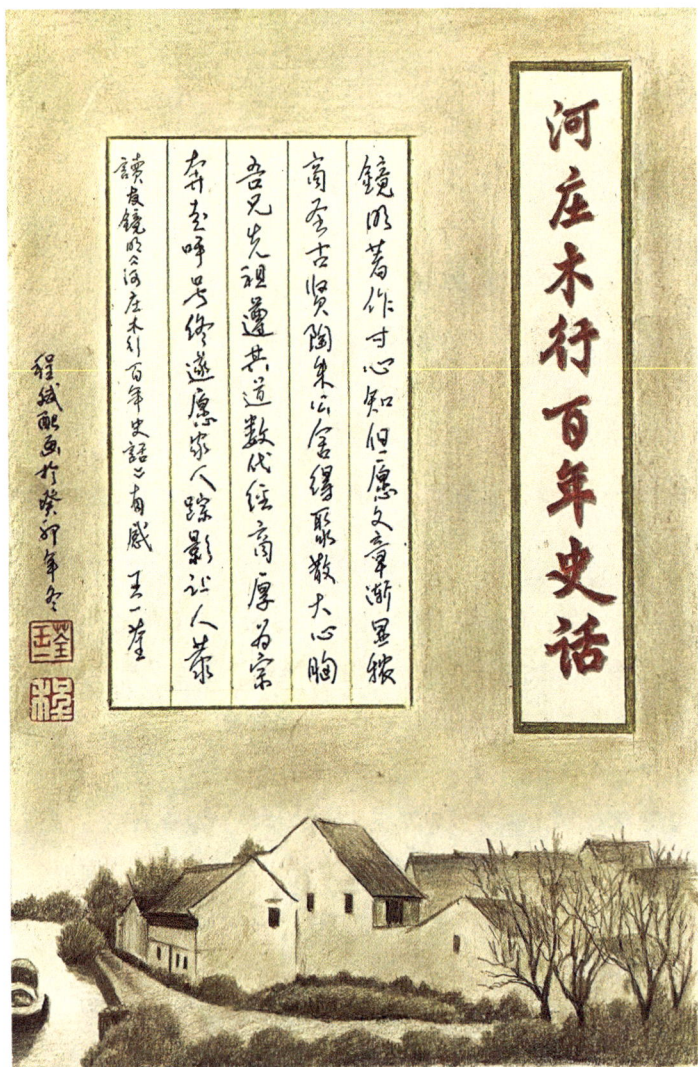

谢陆小云同事赠扇

最热难熬七月中，忽觉室内有南风。
陆君孙女才华溢，淡墨浓颜见画功。

【注释】

小云同事外孙女年仅十岁，炎炎夏日在纸上精心绘画题字，弥足珍贵。

【赏析】

夏日炎炎骄阳照，微风习习清凉到。山峰叠嶂起伏绵延，谷底涧水潺潺流淌。扇面淡墨重彩显画功，扇底清秀题字溢才华。同事赠扇一片心，版书传诗谢友情。期望稚燕成鸿鹄，展翅飞翔冲蓝天。

(杨明镜)

伟哉！新献

每届马拉松，不缺新献君。

滔滔人浪中，身手不凡人。

人年七十过，老而弥坚身。

莫非钢铁志，岂有好精神。

【注释】

同事王新献因心脏缺血，加装支架一枚，其后坚持长跑、控制饮食、规范治疗，2014年开始参加了合肥举办的每一届马拉松（一次全程，七次半程），全部完赛，且取得佳绩。

【赏析】

这是一首为生命强者而写的赞歌，新献君心脏加装支架数年坚持长跑！

这是一曲为胜利者欢呼的颂歌，历届马拉松全部完赛，身手不凡传佳音！

这是一首为公众树立楷模的精神之歌，年过古稀老而弥坚作表率！

这是一曲激励人们坚强的奋发之歌，振作精神，展现钢铁意志，勇敢向前不停步！

伟哉，新献君！美哉，一荃诗！

（杨镜明）

献新

伟哉！新献

每届马拉松，

不缺新献君。

滔滔人浪中，

身手不凡人。

人年七十过，

老而弥坚身。

莫非钢铁志，

岂有好精神。

王一荃

程旗配画于

癸卯冬

赞和生

户外银花漫处舞，和生结伴皖南驰。

一骑电掣飚车骋，小憩脱盔皓首姿。

四季如常高兴聚，众多老骥志犹奇。

无暇自顾途旖旎，彼此呼和不晓疲。

【注释】

宅在合肥家中闻同事周和生随芜湖市自行车运动协会几位骑手在皖南川藏线骑行，钦佩不已。

【赏析】

古稀之年的和生君，结伴赴皖南川藏线骑行。精神可嘉！毅力可佩！

风景在路上，心旷神怡。

微笑在脸上，童心不老。

四季都年轻，健康是金！

驰骋永向前，意志坚定！

（杨镜明）

上海应约喜遇谢汝藩、周昭孙伉俪

客从香港来，满脸溢春风。
其女东道主，相约在浦东。
别君女尚幼，如今任老总。
晚辈当刮目，堪称好锦芃。

【注释】

谢汝藩、周昭孙：作者同事，交往甚密。曾在同一项目组搞研发。

东道主：原指东方道路上的主人。后泛指接待宾客的主人。《烛之武退秦师》："若舍郑以为东道主，行李之往来，共其乏困，君亦无所害。"

刮目：指要用新的眼光来看待。《三国志·吴志·吕蒙传》注引《江表传》："士别三日，即更刮目相待。"杨万里《送乡僧德璘监寺缘化结夏归天童山》："一别璘公十二年，故当刮目为相看。"

锦芃（jǐn péng）：锦，原义是指带有花纹的丝织品，引申指色彩鲜艳，华丽。芃，草木茂盛的样子。寓意为人创新意识强，才华出众，前途无量，事业蒸蒸日上。

【赏析】

这首诗写自己应约遇老同事及其女儿的喜悦心情和对晚辈的重视与厚望。

首联起，交代写作缘由，描写客人的精神状态。

颔联承，写约会地点和做东之人。

颈联转，写分别时女幼，今遇时女已担当重任。

尾联合，写长辈对晚辈应重视重用，晚辈会尽显才华，不负厚望。

诗人用典故和对比来表现人物的神态和心理，增强了诗意，突显了心境。

（宗在模）

久别重逢

毕业昂然至北京，全国到处正热腾。
古都小镇优安置，砥砺三年技能增。
资料寻求四处跑，研制线上荧光灯。
谢周离所我回府，珍贵重逢会友朋。

【注释】

昂然：挺胸抬头无所畏惧的样子。

砥砺：磨炼。

荧光灯：日光灯。

回府：回原单位。文雅说法。

重逢：朋友或亲人在久别后再次见面。

【赏析】

与《伉俪》诗系姊妹篇。写自己与谢、周久别重逢后，百感交集，欣喜万分。回顾五十多年前，二人相逢一处，同实践，同研制荧光灯生产项目。因中途停研，各自分手。五十多年后的现在再重逢，真是珍贵难得。

首联起，写毕业分配到北京。"昂然"，显露能在北京上班的骄傲姿态。

颔联承，写研究所下迁，三年实践锻炼，收获不小。

颈联转，写荧光灯研究工作辛苦艰难。

尾联合，写项目中断二人分手，今又老友重逢。难得。

全篇叙写因工作而遇，而处，而分，终因退休而重晤，重聚，重叙。感慨万千。珍贵！

（宗在模）

离所回芜时，所长、书记与在西安人员送行留影

喜闻程斌太极拳参演

道士张三丰，太极尽显功。
形随神紧伴，气息遍体通。
日复程君练，行如逸惠风。
世间多变幻，万虑刹时空。

【注释】

张三丰：别名张全一，又名君宝，号三丰。开创武当派、三丰派。

惠风：柔和的风。通常指春风。

万虑：思绪万端。

【赏析】

这首诗写同事程斌厂长工作之余，喜练太极拳的情景。

前四句引典盛赞三丰派太极功夫之深之玄。尽、随、遍、显、伴、通几字把太极拳描绘得出神入化。

后四句刻画程君全身心苦练太极的过程。复、逸、多、空、练、行、变、虑几字强调了练拳需天天运动，持之以恒；运作时需不急不躁，闲适柔和，如春风化雨；心态上需心无旁骛，内敛外松。

通篇展现诗人对太极拳研究之功底；太极拳能给人心神身手足全身心享受。

（宗在模）

群主万盟

大国工匠少，万盟技无垠。

凡经伊人手，荒原亦芳芬。

钻研摄影喜，美景镜中云。

一片殷勤心，编织工厂群。

【注释】

万盟：淝汽厂聊天群群主。原厂机修镗床工、车间生产调度员，后为一厂厂长。喜摄影。

工匠：手艺工人。现代被称为大师傅，身怀一技。

无垠：形容广阔无边。李华《吊古战场文》："浩浩乎，平沙无垠。"

伊人：这个人。《诗经·秦风·蒹葭》："所谓伊人，在水一方。"

编织：汇集起美好的事物。

【赏析】

《群主万盟》讴歌了工匠万盟技艺高超，手留余香，为职工用镜头记录精美瞬间的群主形象。

首联起，用层进式写工匠艺高人少，而万盟就是其中一员。

颔联承，夸奖这个人非同凡响。

颈联转，写他业余喜好摄影。

尾联合，写他热情周到，善于用镜头汇集工厂美好的人和事。

诗人善用对比、夸张、类比等修辞手法，纲举目张，展示人物形象，读之使人感受极深。

（宗在模）

大家爱戴的群主万盟先生

20.10.30

不忘初心

演戏沙家浜，务工各自攻。
青春齐奋斗，展翅若初衷。

【注释】

初心：同初衷。最初的心愿、信念。《诗经·大雅·荡》："靡不
有初，鲜克有终。"

沙家浜：浜（bāng），小河沟。这里指京剧《沙家浜》。

务工：以工业或工程等方面的工作为业或投入的时间和劳力。

攻：致力于研究、学习。荀子《劝学》："术业有专攻"。

展翅：展翅高飞，比喻人充分发挥才干，施展抱负。

【赏析】

这首五言小诗通过演、斗、展，描绘了童爱民夫妇相识、相知、
相爱，齐学同拼，为工厂工作作出贡献的过程，赞美了工厂职工一
辈子爱厂敬业的精神和品质。

首句交代进厂时间和因演戏相识；接着写他们在各自岗位上努
力钻研、学习，提高自己；第三句写趁年轻为事业奋力拼搏；尾句
点题，写发挥才干、施展抱负、不改初心的鲲鹏之志。

诗中充分展现诗人对同事的了解、尊重、鼓励和赞扬。

（宗在模）

青春
永驻
甲辰书

辅导员邓苏建老师赞

护师孙猴取真经，昔日建苏孩子王。
历经西游功挥就，精心培育园林忙。

【注释】

孩子王：指代少先队辅导员工作。

挥就：一挥而就的略语。见宋代朱弁《曲洧旧闻》第七卷："东坡一挥而就，不日传都下，纸为之贵。"挥，挥舞；就，完成。

园林：指特定培养的自然环境和游憩境域。这里喻指营造儿童乐园，即从事少儿辅导工作。

【赏析】

邓苏建老师，厂职工子弟学校老师，长期担任少先队辅导员。能歌善舞，为人爽朗，深受学生及家长爱戴。这是一首题照诗，也是诗人对基层同事少先队辅导员工作的概括总结和肯定。

首句由程斌先先绘画的邓老师仿猴取经形象起兴；第二句联想邓老师退休前工作，写"孩子王"，并用此借指辅导员工作对象特殊，任务繁重，责任重大，意义非凡；第三句夸悟空取经历尽艰辛，但因神通广大，专心致志，终能功成名就，摘得真果；末句概括邓老师全心全意为教育事业甘当园丁的教师形象。两相交叉，相互映衬。

全诗从题目到内容和词句，虚实结合，点面结合，充满赞美之意。

（宗在模）

美猴女王－邓苏建

庚子夏

酬贵喜友题书名《菖蒲集》

早有学诗愿，邯郸学步多。

菖蒲集喜咏，过往汇成河。

【注释】

菖蒲：蒲类之昌盛者。作者名中的"荃"字即为菖蒲类香草。

邯郸学步：《庄子·秋水》载：战国时有个人到赵国邯郸去，看到那里的人走路的姿势很美，就跟着别人学，结果不但没学会，连自己原来的走法也忘了。

【赏析】

作者习诗多年，自嘲为模仿多多。其实所抒全是作者的心路历程，涓涓细流汇成小河，读来别有一番风味。

我与作者交往多年，常听其谈及初中同学曹贵喜为良师益友。此集名为贵喜友拟出并书题，衷心酬谢实在常理之中。

（王新献）

序
吾友一荃君，
年少立宏献。
青壮为家国，
事业逐成就。
老来娱诗书，
勤学询诸友。
有意诗百首，
一抒盛世咏。
曹贵喜

酬友程斌画作

习作虽百篇，读之不觉葳。
言文多腻味，咏景亦久违。
好友挥毫就，王维画石飞。
情生景物显，词旨豁然晖。

【注释】

王维画石：王维诗画双全，喜画石头，传说纸上画的石竟被大
风吹到九霄云外。

【赏析】

《菖蒲集》每首诗配有程斌先生画作，诗画相得益彰。诗文内
容丰富，涉及面广，要将其描绘得栩栩如生、跃然纸上的难度很大。
作者借"画石飞去"的典故，赞誉画者绘画技能高超并致谢作画者
让诗词锦上添花。

（王新献）

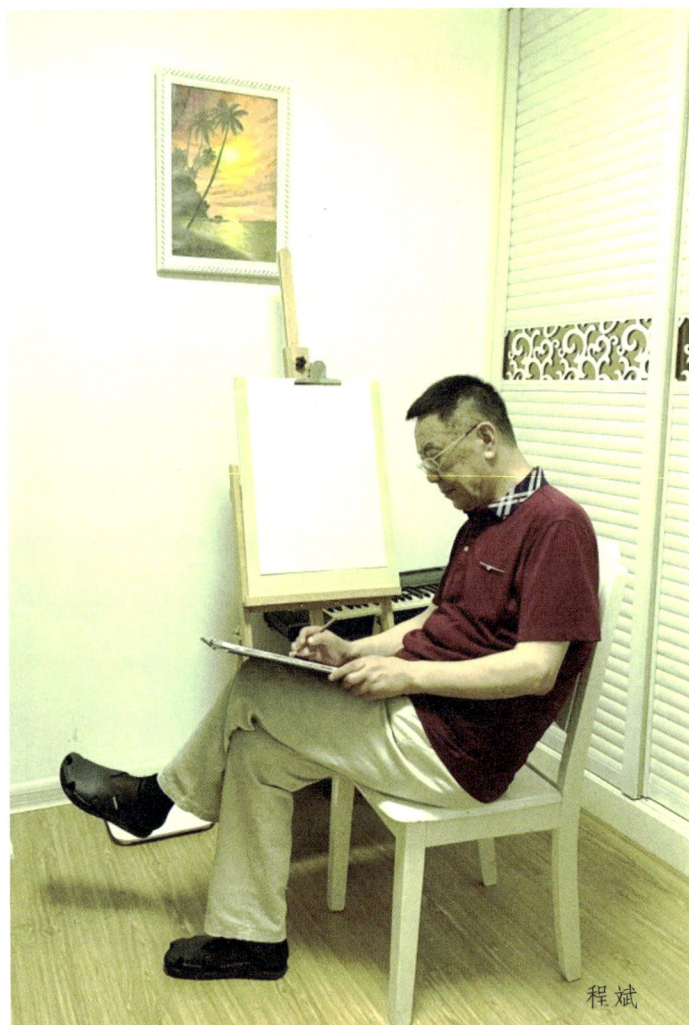

程斌

酬美编戴庆生友

毕竟庆生多有才，素材凌乱巧剪裁。
不疲明镜常帮友，浅陋菖蒲上阶台。

【注释】

明镜：相机镜头，亦喻完美的典范。
菖蒲：见前注。

【赏析】

习作随手放置杂乱无章，汇集起来实属不易，经庆生友一番挪腾裁剪后井然有序，顿觉开朗。

庆生喜摄影且娴熟于修图、剪辑，常使聚会视频精彩纷呈。经庆生装帧设计，诗集清新，满盘皆活，作者感激之情油然而生。

（陶永祥）

戴庆生　　2020.10.21

移樽就教——酬诸君订正习作

喜作唐诗调，犹言却步斟。
程门立雪仿，便获令君吟。
蹈矩循规正，点石化变金。
牛角挂书现，可否杵成针。

【注释】

程门立雪：《朱子语录》中的一则小故事。一日大雪天,学生杨时求见程颐，颐正瞑坐，杨时侍立不去。颐既觉，则门外雪深一尺矣。

牛角挂书：比喻读书勤奋，学习刻苦。《新唐书·李密传》："闻包恺在缑山，往从之。以蒲鞯乘牛，挂《汉书》一帙角上，行且读。"

铁杵成针：《潜确居类书》："李白少读书，未成，弃去。道逢老姬磨杵，白问其故。曰：'欲作针。'白感其言，遂卒业。"

【赏析】

众人拾柴火焰高，作者每习作一首便发给诸友过目，以求斧正。短短几句律诗中借用几个典故却不显冗杂，叙述诚心求学，获众友指教，消化吸收，以期铁杵成针的心境。

（陶永祥）

喜作唐诗
调枕言却
步斟程门
立雪仿便
获令君吟
蹈矩循规
正点石化
变金牛角
挂出现可
石杵成针

移横就教
一删诸君
订正习作

王一鉴诗程斌
书於甲辰春

谢王永祥老师

历历前尘景与事，滔滔低咏作词诗。
三生有幸师拨点，破茧化蝶竟舞姿。

甲辰　暮春

【注释】

前尘：过去作者参与、经历或见闻之事。

滔滔：这里比喻作者写诗时的心境。

师拨点：指王教授在习诗上对作者的指导及于作序、统稿等方面作出的贡献。

破茧化蝶：成语，意指一事物由粗入细由低向高的精进突变过程。

【赏析】

这是作者对王教授费心为《菖蒲集》保驾护航的一首感谢诗。

作者告诉我，在学习古诗词时，原是结合自身经历习作几首，书盛世以自娱，曾在《安徽诗萃》上发表过几篇。后经人介绍结识王教授，将所作之诗请其指教，不料很受教授青睐。教授认为作者所作之诗虽不甚工，却发自内心，感情真挚，真实记录生活，反映了时代特点，流露出一位老年知识分子在八旬晚年仍自强不息的精神。他认为这些诗有时代性、可读性和趣味性，在老中青爱诗者中均会有共鸣，力荐此诗集正式出版发行。为使诗集内容饱满，他亲力亲为,将此诗集分类，并统稿、作序、还亲自捉笔为诗集示范性地写了近三十篇注释和赏析。

在教授的鼓励和指导下，作者又对全集诗篇重作思考、提炼。又请了解其写作意图、背景的同事、学友对其余诗作出注释和赏析。经数月得以小成，方交教授统稿。

一荃先生作小诗谢之，借用"三生有幸"典故以表知遇的心迹，用"破茧化蝶"生动地描绘诗集付梓的喜悦。

（曹贵喜）

致读者

菖蒲闲耍集成梓，计细心劳汇百文。
每日从头逐页阅，不知陋作可识君。

【注释】

菖蒲：蒲类之昌盛者。

【赏析】

作者多年前间或有诗相赠，不想竟汇册成书，其日积月累的辛劳不言自明，其成功在望的喜悦现于字里行间。

殷殷期盼读者喜此诗集，见书如晤面，读诗如抵足谈心。

（缪世业）

后　记

　　青年时甚喜文学，课余之际常读些唐诗宋词及《古文观止》等书，对其诗词、文章之瑰丽灿烂，欣羡不已。后因功课日重，无法倾斜而中辍；步入工作后，奔波忙碌，亦无暇顾及。

　　退休多年，所幸体质尚健。读诗书以养心性，实为人生一大乐事，遂起重学古诗文且习作之念。

　　通读唐诗五言、七言及乐府。为加深理解，逐首仿作。好在古诗篇无定句、句无定字、不求平仄、不求对偶，虽讲韵脚但可以换韵。如此起笔练手极好，犹如打油诗未可非议，日积月累不觉完稿数十首。

　　后学写近体诗。理顺一些基本概念，顿觉难度不小：讲究平仄，颔联、颈联句应对仗（尤其是颈联）；用韵严格，不能换韵，一韵到底；做到有内容、有新意、神气内敛则更不易。习作中韵律生硬，难免有"不明觉厉"之感。

　　对词亦浅尝而止。

　　习作写诗不求闻达，但每每忆及人生的许多节点的履痕，常常触及身边所见所闻，便以诗词予以表达，其乐无穷。

　　《菖蒲集》虽诗文浅陋，但经同事程斌配画、庆生美编设计，又承王永祥教授逐首指点，予以补拙。承蒙王永祥教授及同学同事曹贵喜、宗在模、文虎、杨镜明、陶永祥、缪世业、陆小云、王新献、陈斌诸友对诗予以注释赏析。经各位大笔一挥，拙作升高几层楼，对读者理解我的陋作也大有裨益，我亦深有"一顾千金"之感。若有读者能赏识其中几首并以为快，则幸甚！

二○二四年十一月八日